樓廊閒話

錢胡美琦〇著

九州出版社
JIUZHOUPRESS

圖書在版編目（CIP）數據

樓廊閒話 / 錢胡美琦著 . —北京 : 九州出版社，2012.1
ISBN 978-7-5108-1301-6

Ⅰ . ①樓… Ⅱ . ①錢… Ⅲ . ①雜文集 - 中國 - 當代
Ⅳ . ① I267.1

中國版本圖書館 CIP 資料核字 (2011) 第 254958 號

樓廊閒話

作　　者　錢胡美琦 著
出版發行　九州出版社
出 版 人　徐尚定
地　　址　北京市西城區阜外大街甲 35 號
郵　　編　100037
發行電話　（010）68992190/2/3/5/6
網　　址　www.jiuzhoupress.com
印　　刷　涿州市星河印刷有限公司
開　　本　635 毫米 ×970 毫米　16 開
印　　張　12.5
字　　數　130 千字
版　　次　2012 年 1 月第 1 版
印　　次　2012 年 1 月第 1 次印刷
書　　號　978-7-5108-1301-6
定　　價　28.00 元

出版说明

樓廊閒話係錢穆先生的夫人錢胡美琦女士于二十世紀七十年代所寫就的數十篇短文編纂而成，臺灣中華日報出版，素書樓文敎基金會再版。這本書關於中國傳統文化在當代的意義及普及對讀者有很好的參考作用，儘管書中有些觀點我們不認同。此次出版，訂正了文中文字、標號等方面存在的疏誤，節略了民國紀年。

九州出版社

再版序

這本小書是我二十五年前的舊作。我家那時住在郊區，環境清靜。我們的生活，又近似隱居。生活的調劑，主要靠夫妻間的閒話。當年我在文化大學兼課，教「中國教育史」一課，整天腦海中所想，不外是人生問題、社會問題。日思夜想，只要有閒，我們總坐在廊上閒談。我的聽衆，主要只有外子賓四一人。他大約嫌我話太多，常勸我寫下來。於是我有了寫書的計劃。我每寫完一篇，第一個讀者一定是外子賓四。有時我會得到他的稱讚，有時我也會受到批評。無論是稱讚或是批評，當年都曾使我對問題有深一層的體悟，增長了我的智慧。至今每一回想，仍不免內心會產生無限激動。

賓四於一九九〇年去世，至今已十四年了。多年來，我自己沒有勇氣再重讀這本小書，只想把一切塵封在我腦海深處。今年適逢賓四一百一十歲的冥誕。素書樓文教基金會辛意雲、秦照芬、劉義勝三位董事，他們認爲這本小書的內容，尙可對今日之社會有些少啓發作用。所以決定再版我這本樓廊閒話，以爲基金會對賓四冥誕的紀念。情深意厚，卻之不恭，我只能以感激的心情接納了他們的美意。

近幾年來素書樓文教基金會在中國大陸與香港，爲兩岸三地的中學生及中學文史教師每年分別舉行一次教研會，爲宏揚中國傳統文化交流經驗，反應甚好。今日重版這本小書，爲了適應當前讀者的需求，我取消了書中兩文，另有一文刪除了一段文字，其他篇中也尚有小作文字修飾之處。希望讀者能夠接受。謹此說明。

二〇〇四年六月三十日

序

我想寫這一本樓廊閒話的動機，已有二十年以上之久。然而遲遲一直未曾動筆。遠在我結婚以前，我和外子賓四在一起，常喜歡閒聊人生。成婚後，我們最初住在九龍鑽石山難民區一小樓上。樓有小廊，可以望月，可以遠眺一線的海景。下樓走出住宅區，可以繞上一長堤，兩旁都是農田，幾間村舍，疏疏落落，點綴其間，景色幽靜。我們在鑽石山住了四年，幾乎每天晚飯前後，必然在此堤上散步閒談，比較在樓廊上閒談時更多。以後我們遷居九龍郊外沙田半山上一樓，地勢很陡，出大門就是石級長坡，四周沒有適合散步的地方。但樓居有廊，長五丈餘，寬六尺。面前一排四丈寬，高踰八尺的玻璃長窗，對著寬大的海灣。海灣中有一排如屏風般的遠山。從樓廊遠望，海山宛然，眞是令人心曠神怡。我們在此居住八年，每得閒暇常在此廊上閒話。

我常想，能多接觸天地自然的遼濶，可以幫助我們人胸襟開朗。長日面對遠山近海，一片寧靜，使我對人對事容易有更深一層的理解，亦能有更多的容忍。香港是一殖民地，又只是一商埠。

一九四九年大陸易幟，大批國人流亡來港，帶給此商埠一片繁榮。但最富衝擊性的，還是文化思想方面。只不過它是一股無形的力量，至今從香港社會具體的形象來看，仍難以瞭解此三十年來中國文化思想給香港帶來的變化究有多少。

我們在香港居住的十幾年，正是香港開始受到此一衝擊，社會變化最大的時期。那時候流亡在港的知識份子有一些眞可謂是藏龍卧虎，他們各有一段不平凡的過去。不論你接觸到誰，都會增你見聞，長你智慧。但是那許多蛟龍猛虎，長時期困處在一小島上，爲生存掙扎，壯志雄心逐漸消磨殆盡，在人生歷程中，又是另一番景象。這卻更能令人增長見識，開發深思。

賓四在家閒話，從不談他的學問。他愛從現實社會中的種種現象，和他親身接觸的種種人事，來談人生問題。我們當時的閒話，便多集中在此一範圍內。亦常針對世界局勢，來談國家民族的前途。有些話，只是我們夫婦私語所及，每逢學校師生以及其他賓朋來集，就避去不談了。

人生不外物質生活與精神生活兩方面。物質生活維持我們生命的存在，這是日常人生最起碼的條件。但物質生活外，人仍需要有精神生活來作調劑，然後纔有所謂「安」與「樂」的人生可言。在當時，我們物質生活雖很艱困，但此種日常的閒話，卻給我們帶來不少精神上的解放與安慰。

當時使我感受最深，興趣最濃的，是賓四喜歡引古諷今。他口說不談學問，但這一種針對現實而引經據典的發揮己見，卻使我覺得對人生有更深的領悟。有時候聽得動心，我突然覺得自己在人生的意境上，又邁前了一步。滿心的愉快，眞不是我這枝筆所能形容。每逢此情景時，我不禁向他說，快把你這些話寫下來，讓大家知道，不更好嗎？他說：我想要寫的太多了。你覺得好，你該寫。我也時常想下筆，但轉瞬間，事過境遷，往往又覺得當時所悟，把捉不定了，遲疑不能下筆。自己不免十分懊惱。遇到我自怨自艾時，賓四安慰我說，讀死書容易，讀活書難。人生如一部活書，可以供人讀一輩子。如果一讀就懂，亦將無深度可言了。他教我要懂得「含蓄」，要懂得「醞釀」，要懂得「厚積薄發」。他說，只要時時存心於此，積久又能悟出新意。儘可慢慢下筆。記得我的「樓廊閒話」四字，就是在那些談話時提出的。到今回想，不覺已過了二十多年的長時間了。

一九六七年，我們由港遷臺定居。第一年先住市區，第二年遷來外雙溪素書樓。溪外長山一列，樓前亦有一長廊，面對溪山，依稀往年沙田景象。又成爲我們日常閒話的好所在。人是情感的動物，我們寄居香港時，雖亦時常關心自己國家民族的前途，但香港終是一殖民地，情懷有所不舒。遷來臺灣，在自己國土內定居了，愛之深，期望更切。這十多年來，又正是臺灣社會邁向工商業發展進步變動最迅速的時期。好些人一意只想在經濟物質生活上養尊處優，較之香港當時那一些藏龍卧虎者的心情和追求，又大不同。社會上的種種變化，令我更易引生刺激，不免常有一吐心聲之願。我的樓廊閒話，在此情此境中就眞開始下筆了。這本閒話中，每一題材，可以說，都是經過我內心一番情感的激盪，思想上一番理智的思考，纔提出的。

今天我們的社會人心，似乎對於一切人事的看法，都喜歡用「新」「舊」兩種對立的觀念來作分別。不論政治、經濟、教育、社會等，有關羣體組織的措施，乃至個人的做人處世，家庭倫理間親情關係，一切只用「新」「舊」兩字來作截然的劃分。常使我們一些在情感上時懷念舊，不易迅速轉變的人，生活在此風氣中，深覺有難以適應之苦。這一種情緒，深深困擾了我。我常想，文化思想是積久而成的。我們不能像處置一件東西般，不喜歡了，就拋棄，再另換一全新的來代替。文化思想是大羣集體多數積久而產生的。不是因少數人的贊成而存在，因此亦不易由少數人的反對而廢棄。我們今天倘果要創造出一番新思想，建立起一番新文化，亦得要經過大多數人長時期的考慮和選擇，纔不易出毛病。

近百年來，我們受西化影響，一輩學者們大聲疾呼要現代化。這已成爲近幾年來臺灣社會各階層各行業中最時髦一口號了。我想「現代化」這一口號，實是一內涵沒有肯定性，沒有具體意義的空洞名詞。其實質內容，可以追隨時代的變遷而有所轉變與改進。嚴格說來，現代化這一種趨勢，在中國歷史上亦早就存在了。一切時代，一切變化，都亦是它那時的一種現代化。只不過從前人雖然有如近代人所謂現代化的一趨勢，但未喊出此一口號來。他們只是認爲時代不同了，社會種種自然亦該追隨時代有所變遷。但近年來現代化一口號逐漸形成了「現代」與「傳統」的對立，以及「新」與「舊」的劃然分別。凡是被某些人肯定爲「新」的「現代化」的思想觀念，就同時被肯定爲絕對的「是」，絕對的「對」，而不容他人來討論批評。但一牽涉到人生種種實質方面，定要把新與舊截然劃分，便易使人困惑。於是許多人往往避開實質的探討，而衝動的只求先將一應的傳統觀念破除打倒。以爲如此，即是迎新。但舊的觀念被破除打倒了，而新的觀念一時又建立不起來。於是今天社會在趨向工商業發展的急速變轉下，產生了許許多多家庭和社會的新問題。使得我們雖然經濟條件物質生活不斷在提高，但精神生活卻相反的，愈來愈顯得貧乏淺薄了。

前不久，曾見某報邀請海外歸國多位著名學人舉行一文化座談會，以「中國歷史傳統與現代化」爲題。他們提出了許多寶貴意見，共同否定了「傳統與現代」「黑暗與光明」的對立。並且認爲，「傳統與現代是賡續相關的」，「歷史傳統可以作爲現代化生生創新的資源」，「中國現代化問題一定要與中國歷史結合」，「每個國家民族都可有他們各自不同的現代化方式」。我讀了這許多意見，眞覺可喜。但可惜的是，對於現實社會中已因「新與舊」「傳統與現代」對立觀念所已產生的種種具體實質的問題，卻並未提出建設性的探討。我這本樓廊閒話，所選題材，都是針對社會已存在已發現的問題而提出討論，旨在提醒大家的注意。希望由大家共同的努力，來找出一條我們國家民族今天所應走的自己的現代化的道路來，使我們的社會能漸趨「安和」，使我們的人生能眞享「樂利」。這實在是我們今後所該要注意的大方向。

這本閒話，開始動筆在一九七七年六月，自此每月一篇，定期在中華日報副刊上發表，至今不覺已積稿二十餘篇。由於華副主編蔡文甫先生的一再催促，今將已發表過的二十五篇，先彙集成這一本小書，這是我當時開始提筆時所沒有預計到的。今天回想我寫樓廊閒話第一篇「人的尊嚴」時，內心所受的激動，至今仍然很清晰的浮在我的腦海中。我本不是一個慣於爲文的作家，而寫「閒話」之類的文章，針對現實，有所批評，很難避免個人情感的激動，有時不免會影響到文字趨於偏激。所幸華副主編人自始至今，沒有對我有任何挑剔或改動，否則我自知是不會有興趣繼續寫下去的。「尊重別人」是今天我們整個社會最感缺乏的一種美德，很需要大家來提倡。自從我的閒話發表以來，先後有過三家書店曾向我接頭，希望將來能出版我此一小書。其中一家，並提出了頗爲優厚的條件。我都未加考慮。而將此稿交給中華日報出版。這亦可算是我對華副尊重作者的一番美意，具體的心理響應了。謹在此附帶表白。

一九七九年九月十六日

胡美琦序於士林外雙溪之素書樓

目錄

目錄

人的尊嚴

這幾天在報上看到有關臺北商專校長痛於學生犯錯不知慚愧，自己帶頭，向國旗及 國父遺像下跪懺悔一事引起社會不同議論。報導中說：「有人認為這事有傷學生自尊心及體面，有人認為政府曾三令五申禁止學校體罰學生，校長的作法無異是一項嚴重的錯誤，採用下跪更是錯誤。」讀後感觸良多，引起我們 夫婦「閒話」，特以「人的尊嚴」為題，談談我們的管見。

人的尊嚴，應該分三層講，一是「生命」的尊嚴。生命賦自天地大自然，飛禽走獸，對其生命，各有尊嚴，人有他的生命，即有他的尊嚴。我們不能無端抹殺某一生命的尊嚴。但在人的世界裏卻更有一個「人格」的尊嚴，照中國人傳統的講法，這是「人性」的尊嚴。

「人格」二字是西方人所使用的，實際上，人格尊嚴是緊接著生命尊嚴而來。有一個人格即一個生命，我們要保障其生命，連帶及於其財產等一應具體事項，其保護方法，則憑法律。所以西方人講「人格」，實際上是一法律名辭。每個人都有他的人格尊嚴，如果他犯了罪，損害了他人的生命及財產等，定要經過審判由法律來裁決他的罪，這是西方文化傳統如此。但我們東方傳統並不認爲每一人格都有他「無上」的尊嚴。中國人在人格尊嚴上更看重「人性」的尊嚴，這與西方人講人格尊嚴有所不同。

「性」是天生的，一個生命有一個性。可是生命是發展的，從嬰孩到幼年、青年、中年、老年，生命發展，人性也隨之發展。發展人性，應有一更高的理想，要待「人性」的發展達到了某一個階段，才始完成他「人格」的尊嚴，亦完成了他「生命」的尊嚴，這是有關教育上的問題；因東西雙方對人生看法不同，所以西方人從開始就看重「法律」，而東方人從開始就看重「教育」。可以說，法律是保障生命的，教育是培植人性的。培植人性，也可說即是培植生命，培植人格。因爲人性就在人的生命裏，就在每一人的人格裏。

例如一盆花，一棵樹，一枝一葉須我們的修剪，甚至一枝上三朵花苞，有時得修去兩朵，好使這棵樹這盆花長得更像樣，開起來更悅人，難道這會違犯了花樹生命的尊嚴嗎？毋寧是說，相反的，這是要更完成花樹生命的尊嚴。因爲在修剪過程中，加進了人的一番理想，即所謂「文化的理想」，中庸上所謂「贊天地之化育」。中國人說這一番理想，也即是天的理想。在天的理想下，要經過人文來培植，來成長。換言之，天的理想要經過人的培植與完成，纔見其尊嚴。有天無人，一任自然，即無尊嚴可見。

譬如我們佈置一個園林，栽了這棵樹，旁邊別的樹便該取消。種了這棵花，旁邊別的花也要取消。其他的雜草雜樹都要取消，要使所培植的每一棵樹，每一棵花都完成了它的尊嚴，這一個園林也有了這一個園林的尊嚴，不該任雜草叢生地亂長，一任自然，甚至可無花樹，也無所謂園林佈置了。

栽樹種花佈置園林如此，人的教育也一樣。在學校教育之前，先要有家庭教育。小孩生在家庭中，有他生命的尊嚴。他雖是一小孩，也有他人格的尊嚴。但是這個「生命」與「人格」，還需要人類的文化教育來培植，來完成。譬如說，小孩在家應懂得「孝」，這不是父母私心要小孩如此。「孝」是一種天性，小孩懂得如此纔像樣。子女生在一個家庭裏，懂得對父母盡孝，這個家才是一理想的家，這個小孩才是一理想的小孩。孩子不孝，做父母的就得指點他，教訓他，要他孝。這孝道，從小就需培養。譬如一家人同桌吃飯，這小孩不顧父母兄姊，一人肆意先吃，這便是不孝不悌，父母兄姊就該加以制裁，要教他等待父母兄姊先下筷子才跟著吃；這並不是損害了孩子的尊嚴，正是要培植完成他的尊嚴。孩子不聽命，父母嚴詞訓斥沒有用，只有罰他下桌，不許吃，這是一種教育手段，教育方法。小孩受了教，纔慢慢會懂得做人。教育須從小培植，就很省力。待他年齡大了，習久成天性，他都懂了，在家做一孝子，入則孝，出則悌；進入社會，也是一個舉止合度的人。這種生命，這種人格，才是最尊嚴的。好多孩子，一生來不就懂得孝悌，不就懂得坐上桌子吃飯該等待父母兄姊先下筷，這是要家庭教育來培植的。

孩子長大了進入學校，當然有他的生命尊嚴，有他人格的尊嚴，但更重要的，在其「生命」、「人格」的尊嚴之上，更應有一個「人性」的尊嚴。中國人說，這是「人品」的尊嚴。「品」是有高低等級的。學校的重要，在教育學生有「品」，不是僅教學生有自由。教育是有理想，有選擇，有標準的。教他這樣，不教他那樣；培育他這一面，不培育他那一面，背後有教育理想。不講理想，何必辦學校，何從施教育？學生從樓上扔東西向樓下，此事應否管教？學校講教育，此等處自該管教。如果說管教學生便會損害學生的尊嚴，則不知樓上扔東西的學生有尊嚴，樓下過路的人是否亦有他們的尊嚴？

有人說，扔東西沒有打傷打死人，照法律規定，只應罰六百元。但任何一個社會，不能只有法律、沒有教育。每一個人的一生，可以不進法堂，可是不能不要家庭，不進學校。縱然法堂裁判扔東西的學生可以一元不罰；但學校教師對此學生仍應管教，仍應處罰，這是教育。

中國人講「人性」，孟子講人性「善」，荀子講人性「惡」，後來又有人講人性善惡混。究竟人性是善，是惡，是善惡混，在此且不討論。但孟子講人性善，說人應該教，荀子講人性惡，也說人應該教。性善要教他不向惡，性惡要教到他懂向善。孟子因主性善，所以說「人皆可以爲堯舜」。

荀子因主性惡，所以說每一個人要「守禮」「守法」。要教人懂「禮」，也懂「法」，在家庭，在學校，在教育。我們不能只講法，不講禮。

法庭與法官警察只講法，在家庭，在學校，就應多講禮。家庭學校講了禮，人人跑進社會，懂得講「禮」，「法」也可退處一旁。這個世界纔是一個理想的好世界，這個社會纔是一個理想的好社會。如果大家只看重法，不講禮，這個社會永遠不會好。

講「法」也該從廣義來講。一種是政治上所規定、法堂上所執行的，另一種是學校教師也有法，更一種是家庭父母也有法。一個家庭該有它的家法，不能任從孩子來自制法，也不該讓孩子無法無天。行爲不端，只望警察來管，父母不能管，學校師長不能管，說管了就損害了孩子們的尊嚴。這道理說得通嗎？

我們對一件事，應先辨是非。就商專這件事來說，商專校長至少懷有一番教育的心情。這不僅對扔東西的學生，即對全體學生，也都有一番教育意義。假如教育當局認爲校長處置不對，應提出一方法，使每一學校負責教育的人都有一方法可守，使學生們不致如此放縱。然而人事是很複雜的，古今中外也都沒有一套死的方法來限制負責教育的人。施教者與受教者，各有其不同的處境，與其不同的性情，所以不能用一套死的方法來教育。有的學生，只需好言相勸。有的學生，非嚴厲管制不可。不僅學校，乃至於宗教團體也一樣，教會也一樣可以開除神父牧師或修女。孟子說：

「不屑之教誨也者，亦教誨之也」。這仍是一種教育，只是一種嚴厲的教育。中國古人說：「摒之四夷，不與同中國。」這個人實在太壞了，縱不殺他，須趕他出國，這也是一種嚴厲的處罰，但也同樣是一種教育。我們現在，則學校不許開除學生，又不許處罰學生，試問對於一些不守秩序，不遵規矩的學生，有甚麼更高明的方法來貢獻給學校的師長們，也教師長們保留得一些尊嚴？

中國古人講「天、地、君、親、師」，法律只是政府所定，我們不能只要有君，再不要親與師。現在大家反對專制，要講民主，家庭與學校不是比政府法堂更接近民主嗎？若在家要顧到孩子尊嚴，而不顧父母尊嚴，那家又如何存在？在學校，要顧到學生尊嚴，而不顧師長尊嚴，那學校又如何存在呢？似這樣的社會，不尊父母，不尊師長，只尊法官與警察，試問社會尊嚴何在？整個國家民族的尊嚴又何在？難道民主精神便是如此嗎？

至於講到「下跪」，有人認爲處罰學生下跪，更是校長的過錯，但下跪也是一種「禮」，比較握手、擁抱、鞠躬更顯得莊嚴虔誠。中國人自古對祖先對父母表示最上情感的方式都下跪。對不孝子孫罰令下跪，也是一種教育方法。現在人認爲封建。但下跪之禮也不是只有中國人用。西方人對上帝下跪，天主教也對神父下跪，我們沒有人敢批評，難道我們對國旗、國父遺像下跪，便該批評嗎？每當在殯儀館看見孝子們也和弔客們一般，只向死去的父母行鞠躬禮來表示他們最後的敬禮，我心裏就自然泛起無限悲傷，畢竟父母不同於一般人，三鞠躬不足以表示我們對父母逝去的哀思。

鞠躬下跪，固只是一種形式，然而人的無限情感卻可依靠此形式來表達。那下跪至少也表達了我們私人人性的尊嚴。商專校長教學生們對國旗、國父遺像下跪，也只要教青年學生們接觸到一種「人性尊嚴」的肅穆心情。所以校長親自下跪，並不損傷校長之尊嚴，又何嘗損傷了學生們的尊嚴，更何嘗是用來作一種體罰呢？

職業精神

中國人愛講「職」，不愛講「權」。一職必有一業，盡職即是成業。故合稱職業。每一種職業則必有每一種職業的意義與精神。中國文化傳統即看重職業精神。中國社會分「士、農、工、商」四民，而以「士」爲首。這因「士志於道」，「道」即士的職業，士的主要精神貴爲社會人羣大團體著想，而又須能不恥惡衣惡食，把個人自身私生活置於團體之後。所以說「以天下爲己任」，又說「先天下之憂而憂，後天下之樂而樂」此正是志於道的精神表現。因此「士」向來爲中國人所看重，拿來尊爲四民之首。

商業貴在通有無，對社會人羣自有它的貢獻。但憑情而論，商人畢竟是以增加個人私有財產爲主，總以私人謀利爲要，所以拿來放在四民中之最後一位。又限止商人做官。歷代考試制度規定報考人要報三代家世。家世不清白者不許應考。經商人子弟即是家世不清白，不得報考。中國傳統觀念，做官應「爲人」謀，做生意是「爲己」謀，兩者性質不相同。

現在我們受資本主義工商社會的影響，對職業的觀念變了。我們整個社會對人生看法也改變了，變得我們以增進私人資產的利潤和資本的累積成長，爲一切職業的唯一目標。以此種觀念用在商業上，亦有它的道理，若以此種觀念用來對商業以外的其他職業，則弊害太大，難於估計。

我們試作簡單分析，可以說職業至少應分爲兩類。一類是社會「自由職業」，商業即屬之。現在我們認爲自由職業主要目的在賺錢，並允許人自由選擇。只要不犯法，便甚麼賺錢工作都可做。換句話說，就是犯了法，只要不被捉到證據也行。天天報上社會新聞中，不斷有商人因利犯法的事。但被發覺登報的只是少數，犯了法被逮到的更是少數，至於犯了法而尚未被發覺的爲數當更多、更大。如某一全臺聞名的制油公司盜賣政府庫藏黃豆，又某一數一數二的麵包店賣發霉食物，許多小商店賣不衛生食物，許多食品店加進有害人體的化學物品以謀利等事，層出不窮。商人站在自由職業的立場，把私人利益放在第一位，法律道德拋開不顧。政府依法嚴格管制，但那裏管得盡。科學愈進步，商人違法謀利的花樣也愈出愈無窮，只靠法是不夠的。在他們還需要一種職業精神。

另一類職業，我們稱它爲「公職」。如我們今天所謂的公教人員，在政府作官的，在學校教書的，這顯然與商人不同。做一公教人員那能說只要賺錢，挑錢多的工作就幹。做官人讀書人都變得商業化了，這社會如何是好？這該更需要一種職業精神。

今天我們的公教人員，其實就是從前所稱的「士」，「士」的職業斷不能以個人私人利害得失計較在內，因其所操是「公」職。但公教人員中亦有等第不同。做官的似乎有權有勢高高在上。因此有人寧可不要利來要權。民主國家對做官人有一限制，你接受了「公職」，就得暫時離開你的「私業」，不許再經商，讓人權衡要利抑要權。賈誼曾說：「貪夫殉財，烈士殉名，夸者死權，品庶馮生。」那就各從其志了。

論到教職，權既有限，利更談不到。俗語說：「十隻黃貓九隻雄，十個教師九個窮」。試問擔任教職所得何在？但社會不能沒有學校，不要教師。而今天的教師已逐漸受人輕視，因此更需要有一種職業精神。中國傳統又是重義不重利的，也可說，「公教」精神應在「義」上，不在利上。但既進步到工商社會了，不講利，又不得活，那將奈何？無怪我們要對傳統文化，益發看輕了。

公職中有警察一項，也是現代社會中一項新職業。中國古代沒有警察，直到清末民初西化了纔有。那時有一位德國漢學家來中國，他驚奇何以中國可以無警察，遂特長住我國來研究中國文化。五口通商後，上海有了租界，也開始有警察。英租界多用印度人充當，中國人稱之曰「印度阿三」，洩露了一種輕視之意。但漸漸我們城市也有了警察，直到抗戰時，內地小城鎮還是警察很少，鄉村則簡直沒有。

一九四九年我們逃到香港，那時香港警察已多用山東人。也不知何時開始，但見香港警察局都供關公像。據說每天上香禮拜，每逢大任務出差，必先向關公像敬禮。也沒有人去探究其事之起源。我們想，在中國過去職業中，本沒有警察一行，史記有貨殖列傳、游俠列傳。貨殖只是從事工商業賺錢，那時是一種新興行業，但後來爲中國人所看不起。至於游俠，則是要打抱不平，扶貧濟弱、伸屈伸冤。後來演變爲江湖，但江湖要講義氣，甚至不惜犯法來仗義。在中國傳統觀念中，關公是最能代表「義」的。因此我們推想當初香港中國警察的心理，他們也是中國人，他們來當警察這一職業，他們並不是光爲吃飯，解決個人生活問題，甘心幫助帝國主義殖民政府來管理中國的老百姓。在他們自己的心理上，要求有一種精神來支持他們當此新職業。因此他們崇拜關公，只是表示他們有一種行俠仗義的江湖精神。有時出勤，還有生命危險，因他們自認是江湖俠義，拜關公可獲保佑，那是他們自己所需要的一種職業精神來支持他們完成其使命，這是把中國傳統文化精神來摻進西化的新職業中一種有甚深意義之表示。只可惜他們沒有能自己表達出此番意義，而英國人則只求他們盡職，不問他們崇拜關公之內心意義何在，而聽任其如此，不加以限制了。

現在我們社會上的警察也漸漸走向西方道路，認爲是一種普通職業了。在西方觀念中，警察是政府用來管理民衆，維持社會秩序的。近年來，社會道德日益墮落，警察任務日重，專管社會犯法事件，實嫌已來不及，那能再像那些山東人當香港警察的那一番心情。中國人自己傳統的那一種文化精神，是不夠來配合新時代的西方社會了，警察再不是一個江湖人物了。那麼今天的警察，究竟應不應該有它一種合時代的職業精神呢？甚麼又是今天警察的職業精神呢？

現代社會看重法律，認爲法律是最重要的。在政府組織中有立法的人，有司法的人。警察不是立法人，也不是司法人，只是政府用來監督社會不得違法，對於不守法違法的人加以檢舉，如此而已。所以警察照理該沒有裁判權。但今天我們的警察，卻不僅只有監督與檢舉權。我們太看重法了，以爲國家只要法治，而把法治責任，又多交給警察。整個社會秩序的安定依賴在警察，把警察這個職位似乎看得太重了，把家庭、學校、社會的一切教育意義與工作都撇在一旁。試問一個警察，又如何負得起那麼大的責任？

難道有了警察，社會就無人犯法嗎？我們現在的警察，由中學畢業受一年訓練，派出做警員，受四年訓練，派出做警官，都只是二十出頭的年輕人，走進那麼複雜紛亂的社會來代政府執法，能說他們不會受誘惑嗎？近朱者赤，近墨者黑，二十出頭的年輕人成日與社會的黑暗面接觸，能說他們的內心能不受污染嗎？如果在他們的心理上只認爲他們就代表了「法」，以爲他們自己都是高高在上，你們都是犯法的，我可以處罰你們，難道這便可算是今天警察的一種職業精神嗎？

固然現在的警察，不能再要他們崇拜關公行義，講一套江湖俠士精神，則現在警察的職業精神又何在呢？或說在「奉公守法」與「除暴安良」。但警察有自身的「公」，又有警察自身的「法」，這就需要教育，需要知識，需要修養。如何訓練、如何培養、如何督責？此中大需研究。除暴安良，也嫌寬泛，那裏全是警察的責任。所以雖有此項警察的職業，卻還未十分明白規定其意義與其精神之所應在，這是一大問題，值得我們社會人士思慮。

姑舉兩件我自己親身經歷有關交通事件爲例。今年一月一日陽曆新年，我們夫婦出門探友，中途停車購買禮物畢，從慢車道開上汽車行駛道，因過份小心，出車太慢，綠燈轉黃色。交通警察命我停車，交出執照受檢。他說：「今天是新年，所以不開罰單。」我向他說明無心闖黃燈的經過，心裏以爲謝謝他就可以走了，那知罰單雖不開，但也不許走，要聽他教訓。這是一個二十出頭的年輕警察，我並非看不起他年輕，但他教訓人的態度與口氣實在令人忍受不下；而一番教訓，卻至少經歷了一刻鐘。「管」與「教」兩者應不同，當然「管」中不完全沒有「教」。但警察亦需自知職責所限。闖黃燈應罰，事很簡單，可不需教。新年開恩不開罰單，本是件令開車人愉快的事，在此上要教，也只應點到便止，使犯規人不僅感激並心存警惕，但「教」得逾分了，使人徒生反感。

又一次我開車去士林購物，在雙溪公園旁被一計程車從後撞上，那司機自知理虧，要求我不去報警，願全部賠償，並答應和我同去修車廠修車。那知他騙我說先停車路旁，竟開車逃跑。幸我及時記下他車號去報警。第二天，警察找到這家計程車行及司機，那司機竟當面說謊，說他不是逃跑，是開車引路，而我的車自己走失了。這見那司機犯法而無悔意，經調查，才知他的駕車執照早因犯規被扣，那天是他無照駕車。修車費依法由車主賠償，我因撞車震蕩，胸前頸項腰背痛了幾近一月才癒。此一事件，我和車主都是無辜人，但各有金錢或身體上的損失，而這一犯法的司機交由警察裁決，卻不知究竟如何處置。

犯法應罰此易知，但無心的過失與有心的犯罪兩者不同。司機撞車是無心的過失，欺騙逃跑卻是有心的犯罪。法是死的，人是活的，警察是以活人來執行死法，其中很不簡單。社會犯罪事例越來越複雜，警察執法，甚麼事發生，應罰不應罰；甚麼情形下，應教不應教，警察要真能盡職，事也不簡單。交通事件還是比較簡單的，其他複雜事件如偷、如搶、如殺人、如家庭糾紛等，要分辨其事情的輕重得失更不易。有的事可以放過，有的事絕不能放過；有的事應嚴辦，有的事又應從寬。應辦的放過了，可從寬的嚴辦了，都會更增加社會的混亂。所以說警察的職業精神在奉公守法，除暴安良，此層卻已不容易，至於如何訓練、培養、督責，使警察能盡職，那更不容易。

從前中國沒有警察，社會也能安定，這事也很值得我們加以重視。有人說，中國過去是農業社會，現在進入工商社會了，認爲工商社會便需要警察來維持治安。這話也很值得商榷。以北平來說，四郊面積遼闊，要犯法，很容易隱藏，但無人犯法。鄉村比城市犯法少。上海算是中國當年首屈一指的工商大城市，十里洋場，但犯法的人也有數。從前人犯法，多是窮途末路，無以爲生；而今天的犯法人，很少爲生活。從前人犯法，自知理虧羞恥，很少公然爲惡，這其間不能只以工商社會與農業社會來作區分。

又有人認爲要對付今天社會的犯罪行爲，警察數量太少了，要大量增加，這又豈是一根本辦法。以前犯罪人只是社會中極少數，發生了案件，警察只需針對少數可疑人追蹤偵查。現在犯罪人，上中下三等，從老年到少年都有，究竟要增加多少警察才足夠監督？而且從另一角度來說，難道一爲警察，便都是正人君子嗎？警察犯法又怎麼辦？警察多了，豈不也會犯罪更多，更不易辦。

事有本末，有輕重，如果本末輕重倒置了，則社會問題將更層出不窮。以前社會秩序不必靠警察，因那時看重家庭教育、學校教育，社育教育，警察只負一小部份責任，並可放在一旁備而不用。教育失去了功能，社會中犯法的人多，警察再多也難保證社會的安定。有此一項新職業，便應有此一項新精神，更須有此一項新教育。警察更需要教育，沒有教育，徒有成千成萬的警察又有甚麼用？

以上是只就警察言，其他各項新職業，何可勝數。尤其重要的是公職，更重要的是公職而許由私業來經營的，如何纔是他們的職業精神，眞是一言難盡。若儘說是工商社會了，一切職業，均以賺錢謀生爲目標，那眞隱憂何限。上舉只以警察一項爲例，祈讀者，善自體會。

附記：七月六日外子賓四應警察學校邀請作一講演，因此我們閒談到現代警察應有的職業精神，而成此文。

無平不陂

薇拉颱風緊接賽洛瑪之後來襲，兩次颱風先後相距只一星期，賽洛瑪給南部帶來嚴重災害，創痛未複，薇拉接踵又至，給北部帶來災害亦不輕。一連五夜，外雙溪在黑暗中，枯坐樓廊，四野顯得異常寧靜，我們也難得有此閒情逸趣來作樓廊之閒話。不免因颱風之災而連帶想到現實人生的種種，姑加摘錄，以成此篇，而冠以易經上「無平不陂」一語為題。

中西方在思想上有一大不同，西方人常以天與人「分開」看，中國人常以天與人「配合」看。譬如講哲學，西方人常分所謂宇宙論與人生論。宇宙論講天講自然，人生論講人事。他們似乎離開了人生來講宇宙，又離開了宇宙來講人生。如論宗教，本是人的信仰，與人生有密不可分的關係。但西方宗教講上帝耶穌，靈魂天國，像與人生是兩回事。一個人要死了脫離了現實社會，才能到另一個世界，即天國靈魂的世界去。

又如西方的科學家講天講自然，與講人生也總是分開的。其實嚴格說來，科學家並沒有一個「天」的觀念，只有一個「自然」的觀念。西方科學家從天文學、地質學、生物學建立基礎，再從生物學觀念來看人。人是生物的進化，也只是萬物中的一物。從天文學觀念看，宇宙之中有行星，太陽、地球都只是行星之一，而地球圍繞太陽而轉，科學家只如此講純粹的自然，與從前宗教上所講的天不同。

中國人講天，一定從人事中講，天就在人事中。因此中國文化中雖未有自己產生宗教，但卻含有一套極深厚的宗教精神，這種精神，卻給我們人生帶來極大的影響，使中國人常在各種不同的情況下，抱有一種更高而抽象的理想和偉大的犧牲精神，這是因為我們在人事中常要看重天。

一般說來，人是變的，天是不變的，然而中國傳統觀念中又很看重天的變。譬如晝夜，白天去了晚上來，晚上去了白天又來，這是天的變。又如一年有春、夏、秋、冬四季，春去夏來，夏去秋來，又是天的變。但是永遠是一晝一夜，永遠是春、夏、秋、冬順序輪轉，這在變中，又有個不變，有個常。中國人既看重天的「變」，更看重它在變之中的一個「常」。

易經上說：「無平不陂，無往不復。」人人盡求道路平坦，但最平的路，總也有它不平之處，所以說「無平不陂」。人人盡求向前進，但儘向前進，總有盡頭，還得回復原處來，所以說：「無往不復」。這話似乎將人事的力量看得太輕了，其實並非看輕人事，只不過中國人喜歡在人事中，加進了自然的「天」的成份。換言之，中國人看重在一切人事之背後，有一個自然的限止，因此教訓我們人人不可奢存一種無限向前的野心，一種四平八穩的幻境。

七月二十五、三十一日賽洛瑪、薇拉兩次颱風前後來襲，一南一北，造成了極大的災害，尤其是賽洛瑪襲南部，工商業受到的損害更大。政府遷臺幾近三十年，我們回想過去三十年，臺灣幾乎年年有颱風，但颱風之爲害有限。一九五九年艾倫颱風來襲，帶來八七水災，可算是一次大災害，但那多偏重在農業上，與這次賽洛瑪所造成的損失，以經濟數字相比，兩者之間差得遠了。

我們可以說，人事建設愈進步，所受天災亦愈大。簡單的說，城市受害要比鄉村大，這因城市物質建設較鄉村更進步，這是一顯然的事實。就以薇拉過境以後的不便來說，我們外雙溪雖在八月二日下午來了電，但沒幾小時又停了，三日、四日來電停電一天有七次，一連五晚都在黑暗中。晚飯後，我們搬兩張籐椅在樓廊上乘涼閒聊，夜色下可以遠眺羣山，近看溪水，反而覺得是難得的悠閒。想到城裏住大廈的人們，也逢如此斷電，不知怎樣過。

又如前些時報載紐約停電二十四小時，給紐約市帶來的損失眞大，特別是發生了很多趁火打劫的事件，這也因紐約的物質建設更遠勝了我們。不要遽認爲我們的道德修養遠勝了美國人，倘使我們的物質建設也進步如美國般。而我們的道德水準仍能如今天，那纔堪自誇呀！

試想幾百年前的臺灣，遠在福建、廣東人大量移民來之前，臺灣只有一批少數的山地人，那時颱風一樣每年都有，但給臺灣帶來的損失該是微乎其微。因爲山地人無建設，颱風來，他們找一地躲避，颱風過了，他們立即照常出來活動。無建設，便也無破壞。因此，我們更可想像在原始民族穴山而居的時代，那時一切的天災人禍，都要比現代進步的社會來得低。這並不是天意特別幫助原始人，而不幫助文化人，這正是中國人所講：「無平不陂，無往不復」的道理。人在更大的自然環境中生存，這個道理總是逃不掉。

我們又想到前幾年美國人援助越南。以物質文明來講，北越那能與美國相比，美國在越戰中，用了許多新式武器，先是飛機，繼之以長程大砲與坦克、機關鎗，轟炸的情形可說沒有停。北越人用來抵抗的，可說只有他們的一種反抗精神了。但物質條件越低，他們的反抗精神越旺，其實就因北越建設差，所以其損失也有限。一平一陂，加起來，其相差的距離也因而減短了。

又如兩邊軍隊在前線的給養，軍人們的飲食和醫藥的補充，美國方面要花極大力量來運輸，北越軍人既無醫藥，飲食也只求一飽，品質全然不問了。又如美國軍人有休假，在前線一段時期，定要有休假。政府遠送他們去香港、菲律賓、曼谷、臺灣、日本、夏威夷等地，驕奢淫佚、放蕩不羈，荒唐夠了，再回前線，那眞感到快樂苦痛霎時有天壤之別。他們自己物質條件的優越，反而使他們精神墮落。但北越軍人沒有休假，常日在一種貧窘困迫狀態下生活，反而覺得平常，沒甚大驚小怪的。正因北越人物質條件低，反像是精神修養高，這不是一好例嗎？至於南越因依仗美國，乃竟無可表現，可氣可笑。

所以我們不能說美國是進步，北越是落後；美國是文明，北越是野蠻。好像文化程度相差太遠，絕不能相比，然而雙方在戰場上相爭，文化高的美國人浪費了許多人力物力，積年累月，結果還是撤軍了事。像北越人反而戰勝了美國，這眞是無平不陂，無往不復，其中有一個極大道理，值得我們去探究。

又如南北韓戰爭，南韓有聯合國支持，集合了世界較高級的幾近二十個國家的兵力，北韓只有中共一個又窮又苦的國家來支持，到最後不得不在三十八度線上停戰。換言之，也還是打了一次沒有戰勝的仗，只差沒有將南韓送掉。再往前言，過去世界第一次大戰，第二次大戰，雙方文化水準物質條件差不多，在如此情形下爭勝敗，損失纔嚴重了。西歐人的帝國主義，也由此崩潰不再能保持了。照理講，這纔是一種正式的戰爭。至於如南北韓戰爭、南北越戰爭，雙方在一極不平等的物質條件下，來爭勝敗，結果則轉是物質條件極優的敗了，物質條件極差的反勝了，這將開了世界戰爭的新理論。從此強國再不敢和弱國戰，富國再不敢和貧國爭，這也不失爲世界人類一新進步。

然而照目前情形看，弱國好戰強國退，貧國好爭富國讓，這也算不得是人類在眞理上進步。要求人事眞進步，至少該在認識人事的條件上面，尙要認識有一個天的成份在內。換言之，在「人爲」力量之上，我們更要認識有一種「非人爲」的力量。此種非人爲的力量，是看不見的，我們只稱之爲「文化精神」的力量，其實其中仍有人力，但又有天力，中國人則說之爲「天人合一」的力量。此種力量，既非宗教，又非科學，而又兼宗教與科學而有之，用現代語來說，那是一種「人文力量」。只要識得此力量，則在不平的中間另有一種平，而在前進的中間又別有一種退，這是中國人的看法。

最近，我們臺灣被美國總統卡特要與大陸中共關係正常化的陰霾所籠罩，而引起人心不安。若從看得見的一面看，臺灣經濟建設，物質條件上，是比大陸中共強了。但在地理面積上，中共大陸要比臺灣大多少倍；在人口比例上，又要多多少倍。美國正從這上面看，一旦美中關係正常化，打開了大陸大門，美國利益無窮，割棄了其與我們中華民國的關係那算得甚麼。美國總統那種淺見短識，我們且不論，但難道我們臺灣的中國人就從此活不下去了嗎？或要問，我們靠甚麼活下去？那絕不只靠物質的可見的一面，還得靠精神的不可見的一面。我們固然要反共，但我們也得想一想，那時北韓、北越是如何支撐過來的。

我們今天只從物質條件上來說，我們比中共強，那也太是卑之無甚高論了。這次美國國務卿范錫大陸之行，縱無結果，美國仍不會放棄和大陸關係正常化的希望。我們中國人不要太看重了美國人，把自己的文化信心丟棄了。中共統治大陸三十年，他們卻很像西方人，太看重了人事力量，不看重人事之中還有一個「天」，忽略了中國文化中「無平不陂，無往不復」的道理，所以他們只向一面倒，以前是向蘇俄一面倒，此後亦儘可能轉向美國一面倒。而美國卡特總統似乎也在一面倒，所以他要和古巴言好，要在南韓撤兵，要和中國大陸關係正常化，這都是他一面倒的看法。

只有中國傳統文化，對事不只從一方面、一角度看，從不在人事的可見利害上一面倒。中國人講人事中有天，講人文進化中，也有自然。物質建設可見與不可見要平等看，這話難講，所以說「無平不陂，無往不復」。我們看慣了西方人看法，遂覺此等話趨於保守，不夠進步，有阿Q精神。要獎勵人只從可見處向前看，要不斷地有進步。但若稍稍放寬眼界，把兩者相比，西方人雖有他們的道理，而實際上也不能說我們中國人的看法一定錯，至少是一面看得廣大些，一面看得狹小些。值此動亂的時代，變化急速的社會，「無平不陂，無往不復」的道理，值得我們再思再想。兩度颱風來襲，此時又是風和日朗，試把近日的國際，也比作一度颱風吧！對我們心理上還是不無好處的。

中國的女性美

中國文化最看重人的「心性」，因此對於人生的看法也就主張心性本位主義。認爲人生的一切，應根據人類自己的心性出發，所以孟子特別喜歡講「盡心」「盡性」。所謂盡性，就是要使天賦給我們人類的天性，發展到最高可能。可是天生人根本就有一不相同。如人有男、女的不同。雖則同是人，然而天賦的男人之性與女人之性就不相同。

中國文化常把宇宙萬物分成陰陽、剛柔兩類。認爲男性較偏於「陽剛」，女性較偏於「陰柔」。易經上說陽剛之性是「健」，健是一種主動。陰柔之性是「順」，順卻不可說是被動，更不是說屈服，乃可說是「順從」，或用「追隨」二字比較更合適。這不僅人類如此，其他動物都如此。譬如雌雄交配，我曾在電視上看「動物奇譚」的影集，各種動物，小至昆蟲，大至飛禽走獸，大多是由雄性發動，雌性總是追隨著。如果兩性交配先由雌性發動，再由雄性來追隨，總覺有些違反常情，令人看不順眼。換言之，乃是違背了天賦的雌雄之性。

男性陽剛主「健」，女性陰柔主「順」，這是天地間一種自然之道，並非重男輕女。近代中國崇仰西方太過，樣樣事只要與西方不同，便認爲自己不對，如近來大家喜歡爭男女平等，認爲過去中國文化重男輕女，男女不平等，是中國文化一大缺點。

其實我們古人，喜把男女來分配天地日月，天與日是陽剛，地與月是陰柔。男是天，女是地，男是日，女是月，天地日月之間，無所謂平等不平等。我們不能只要有天與日，不要有地與月。必得要天地日月相互配合而結爲一體，才顯出宇宙自然的偉大。但在自然賦與它們的天性上，則天地日月各有陽剛陰柔的不同，所以它們所表現出的德性，也各有不同，然而也各有它們不同的美。

中國文化中的人生理想，主張人盡其性，即是各盡其所能，各成其所長。所以對女性與男性各有一種不同的理想。要分別求盡女人的性，來發展出女性特有的美。這當然須有不同於男性之處，但並不是不看重女性。現在人喜歡爭權，即在政治上也要和男權爭平等。其實問題不在此。大體上說，女性不適合而且也不喜歡政治活動；男性則比較適合，與喜歡。這種情形，全世界自古到今都一樣。我曾看過有關以色列梅爾夫人的報導，因她太熱衷政治，年輕時婚姻就破裂，晚年來對家庭生活頗爲懷念。這是無可否認的一種自然的女人天性。又如英國女皇，她雖只是政治上一象徵性的領袖，不必整日參加政治煩忙的活動；但她爲了家庭幸福，也曾多次公開表示她尊重皇夫，並曾採取某些措施來求提高皇夫的地位。即以現在一般夫婦來說，女的在事業上過分得意，在婚姻上就易發生問題。最顯著的，如影劇明星歌星們。這裏至少證明了男女兩性之間，天賦各有所限。

但亦不是說女性絕不該參加政治，中國歷史上女的參加政治的也很多，其間有好有壞。如夏桀愛妹喜，商紂愛妲己，同至於亡國。又如漢之呂后，唐之武后，淸之西太后，均在政治上釀出許多禍患。但也儘有在政治上有很高表現的，如春秋時魯國的穆姜，東漢光武帝的馬皇后，這樣的例也很多。這足以證明女性不是不能在政治上有表現，只要她所表現的適合她天賦之性，莫要違失了她特有的女性美。那樣，則她的政治生命不會影響她的理想人生。

周武王有亂（此字當治意解）臣十人，其中一人即是女性。班固漢書古今人表裏，也有女性，並有列在第一第二等的。劉向列女傳記載古代女性美德，一個個女性，在各種不同環境，不同情況下，發揮出各種不同的女性美來。二十五史中，從後漢書起，都有列女傳，專門講到女性。至少可說世界上沒有一個國家、一個民族，能比得上中國女性，在歷史記載上佔的分量。我們怎能說中國過去不看重女性。

韓愈原道篇說：「以之爲己則順而祥。」乾健坤順，順是女性的美德。人與人相交，不能只有爭，沒有順。女性在家庭中所佔極重要的地位，正爲其能順，遂使家庭能趨於祥和，獲得了人生最大的幸福。中國人又常說：「嚴父慈母。」父親多偏嚴，母親多偏慈。尤其在一個家庭中，沒有了父親，做母親的獨當大任，需以慈母而兼嚴父之職，更發揮了女性中的母性美德。歷史上的偉大母親，如孟子之母，歐陽修之母，岳飛之母，人人所知，人人能言。中國歷史上有許多大偉人，都因受了母教影響而成。我們也可說，中國文化，正爲能兼盡了陽剛、陰柔、乾健、坤順之美，即是能分別發揮了女性最高的長處。也即是中國人懂得尊重女性，能著意善盡了女性之美的緣故。

以小說爲例，東西方都一樣，總不外要講男女的事。但在西方小說中，男女戀愛，似乎多將責任交給女方，愛情上出毛病，多常由女性負責。而中國小說中正相反，女性多數站在好的一邊，應負責任的多是男性。這種傾向，看京戲最明顯。

京戲也可說是中國文化中一種最高的藝術。京戲裏的劇情有專以男性爲中心的，也有專以女性爲中心的，又有以男女配合爲中心的。一般說來，以男女配合的劇情最受觀衆歡迎。而在男女配合的戲裏，亦可說絕大多數，女角都是賢良溫順，貞固節烈。最爲人所熟悉的故事如王寶釧，苦守寒窰十八年；如韓玉娘，促夫回國報效，新婚即別離，再見面卻又是死別了。又如三娘教子等，這都表現了一種極高的女性美德。

在京戲表演中，如衣服、聲調、儀態等，亦可說對女性有盡性主義的發揮。在眞實的人生中，德性也罷，事業也罷，儀態也罷，都應有男女兩性不同的美之表現。倘使我們定要以女性來模仿男性，或以男性來模仿女性，則難以想像美在何處。中國文化只是在盡性主義的大前提下，對男女兩性作分別觀。這何嘗是一種不平等。

現代人對過去的傳統文化觀念誤解了，以爲我們中國人向來重男輕女，男女不平等。卻不在實際人生中，把男女雙方的理想、意義、價值，以及實際行爲，作一種分道揚鑣的發展。

以教育而言，舊時代的中國女子，雖不正式進學校，但並非無教育。從傳統教育上看，學校、家庭、社會是鼎足而三的。每一時代往往因政治影響，學校教育衰頹了，反而家庭與社會更佔重要地位。女子雖不正式進學校，但受家庭社會教育，對於人生影響不下於學校教育。否則歷史上何來有這許多偉大的女性？近代中國受西方文化影響，學校教育全模仿西方，而把固有的家庭社會教育忽視了。最先雖亦有專門的女子學校，有女子小學、女子中學，後來也有女子大學，但只在形式上有了女子的正式學校教育而已。實際上，並沒有一套根據自己文化傳統歷史演進，來求表現出中國女性美的特點的教育計劃與教育方針。因此民國以來，說是有了新式的女子學校，卻是僅有其名。一般中上家庭都情願送女兒進教會學校，因爲西方人在文化傳統中自有他們一套女子教育的理想，只其看法和理想與中國傳統文化的看法和理想未必相同。因此中國女孩進了西洋教會學校，逐漸會脫離我們自己的文化傳統，而變向於模仿爲一西方式的女子。

後來中國學校教育發展，傾向於男女同學，女子除了體育家事等有些分別的教導外，其他課程，以及學校種種措施，幾乎可說沒有考慮到男女兩性的分別。所以民國以來，到今天六十多年，實際上中國社會女性變化遠比男性更大，而就表現女子的特性一點來說，竟是變壞的份數多過了變好的。

我們隨便舉兩例來說，如穿衣，東方女性的服裝，應求能表現出東方的女性美，不論中國旗袍、日本和服，乃至韓國、泰國的服裝等，可以說都有一種各不相同的東方的古典美與女性美在內。但現在則東方女性都愛西化，東京、漢城、臺北、香港、曼谷，各大都市中，女子大多穿西裝，已找不出多少東方特色。固然西方女裝也有它們的一種女性美，但東西方之間，也究應有不同。而近年來世界女性不論東方、西方，都忽略了她們女性自己的特有美，而任意來追隨男性，喜愛穿牛仔褲，即其一例。牛仔褲也並不是西方男性的高級服裝，也並無一種男性美的特別表現。若說爲方便舒適，緊身的牛仔褲，不要說彎腰蹲身，就是坐下與站起也得特別當心，隨時有裂縫的可能。這又那裏談得上方便舒適呢？但一經流行，羣起追隨，似乎不穿一條牛仔褲，便不足以表現其爲時髦人物，不足以表現男女平等的新精神。

又如我們天天看到的電視劇，無論古裝時裝，劇中女性無論是儀態、聲調，以及一切動作，都忽略了傳統文化中的女性美，劇中描寫男女青年戀愛中的爭吵，以及家庭中夫婦爭吵，女性的聲調、詞色、態度，可怕處更超過了男性，處處令人生厭。我們常在報章雜志上看到社會大衆發出呼聲，指摘電視劇的水準低落，是否是我們的編劇導演，乃至演員們，都忽略了中國自己傳統文化中的盡性主義，再不喜歡女性的陰柔，只要女性也變成一種陽剛之氣，男女不分？尤其是穿上了中國古裝的女演員，在聲調，詞句，態度，動作上都要表現現代化，都求追隨男性，更感不配合。教人看起來總覺不順眼。

古人說：「道並行而不相悖。」其實父母夫婦男性女性不外只是一個陽剛陰柔的配合，正和天地日月都只是一個可以並行而不相悖的道。我們不該抹殺了中國傳統文化中，此種極高的長處，而反過來卻說中國人重男輕女，使現在的新女性盡量模仿男性來爭平等，而忽略了女性的固有美德，這實在不是明智之舉，也不是人生之福。古人說：「柔能克剛。」這便可代表女性並不低於男性，又何必定要盲目追隨，反而顯得女性之處處落後。

中國的女性美又可分三階段來表現。未出嫁的女子，有一種「少女美」；出了嫁，另有一種「賢妻美」；到年紀大了，更有一種「良母美」。似乎在中國的傳統觀念中，愈後愈被看重。換言之，中國文化的理想當看重整個的人生過程，因此在不同的人生階段中，女性應表現其不同的美德，而都求其盡性。西方觀念，則似乎偏重在少女階段。他們說：「結婚是戀愛的墳墓。」因此，在他們的少女，固然要追求戀愛，結了婚的婦女，也還要追求戀愛。只求戀愛，反使得家庭都破壞了。他們不懂得看重賢妻良母的階段。最顯然的例子，如美國總統甘迺迪夫人，貴爲全國第一的總統夫人，尤其是甘迺迪在當時受國民愛戴，因公捐軀，屍骨未寒，其夫人已改嫁了一位希臘船王；如今船王又死，她又不時傳出緋聞，似乎還是可以再嫁。若眞論戀愛，她戀愛了甘迺迪，可說她欣賞的眼力不差，物色有當。甘迺迪死了，她應珍貴她以前的那一番戀愛。尤其甘迺迪死於非命，她對以前的那番戀愛，更該不能忘懷。何況她又有了子女，賢妻良母型的美，她卻絲毫不知。其實在女子的一生三階段中，各有其意義與價值，忽視了任何一階段，都使人生顯得不夠完美。

又如電影明星依莉莎白泰勒，年尚未老，已經六次嫁人，但仍爲社會的新聞人物。在西方觀念裏，特別看重少女的戀愛階段，此等風俗，原也不足深怪。然而人生又豈能永遠生活在少女的戀愛中？人不能永遠年輕，儘求少女階段的戀愛，那就違反了天地自然之道，徒然會增加自己的苦痛。而且人生既求長命，在少女戀愛階段以後，自然還得爲妻爲母。中國文化的「盡性主義」，把整個人生的特有之美，來逐步發展，這一層豈不値得我們的深思嗎？

獎勵與懲罰

前寫人的尊嚴一文，提到教育應施懲罰，因該文限於主題，未能於此多所發揮。特以「獎勵與懲罰」爲題，申敘前所未盡之意。

「獎勵」是「開其爲此」，要開一條路獎勵人照這條路走。「懲罰」是「禁其爲彼」，要禁止人不要走那條路。因此從某一角度看，兩者間有同樣的意義。在教育過程中，「獎勵」與「懲罰」，同是施教者用來激勵受教者奮發向上的教育手段。但在實際應用上，兩者間偏重偏輕，在教育的績效上則大不相同。現代教育看重德、智、體、羣四育，我試以此四育分別來談。

德育固在獎勵學生做一好學生，其實德育的重要性是不能用獎勵達成的。學生在校應守校規，這是本分。現在學校有操行分數，規定八十分爲上等，七十分爲中等，六十分爲及格。其實人的德性高下，那能以分數來評判。六十分與八十分，或者可分高下，七十八分與八十分，差在何處，就很難說。照人的德性講，很難用一分數標準，來衡量人的好壞。

孔子門下，孔子最看重顏回。孔子說：「用之則行，捨之則藏，唯我與爾有是夫。」這是孔子極端稱贊顏回的話。孔子認爲一個人能做到「捨之則藏」，是人的德性上一種極高表現，孔子認爲在他門下只有顏回捨之肯藏。然而不能以此爲標準，來教育其他學生，都做到這一標準。如子路、冉有，他們雖做不到顏回地位，但也是孔子門下的高等弟子。在孔子周游列國後返魯，子路、冉有都在季孫氏家做事，孔子雖曾責備他們，但孔子說：「若要他們幫助弑君，他們是不幹的。」可證德性的高標準，不能望之人人，是沒有一定的。

以家庭來說，一個家庭有好幾個兒子，但各人才性不同，每一個兒女都應該盡孝道。但盡孝道也沒有一定標準。各人性情不同，處境不同，能力不同，因此所表現的孝行也可不同。只要盡自己的心就行了，不必每個人都做到同樣標準，但都可算是孝子，不須再獎勵那表現最好的來作提倡。但如果其中有不孝的，則應該加以懲罰。懲罰他的不孝，也就是獎勵了其他的孝子。

因此社會家庭，提倡孝道，不能只舉幾個孝子來獎勵。高一層的德性範圍很廣，並且不能定一個死標準，只要合格了就算。高一點低一點沒有關係。每個人有他的自由，在合格之上可以許他有自由的表現。但不合格則應加以懲罰，使得人人知所警惕。所以說提倡孝道就應該懲罰不孝之子。

在學校中的學生，守學校規則，這只是德育中的合格標準。人人應守校規，這不須獎勵，也不應獎勵。但對不守校規的則應懲罰，不能說學校教育只應獎勵，不可懲罰。放過了不守校規的，只獎勵守校規的，這是本末倒置了。學生守校規，是他進學校後，最起碼的德性教育，如需加以獎勵，豈不謂不守校規乃是本分。

談到智育，似乎比德育容易評判高下，然而也很難爲準。我們從歷史上，及書報雜誌上的記載，常看到某些大人物在學校讀書時，不是個成績優秀的學生，但離開了學校以後，反成了社會中優秀人物，有傑出表現。我們自己也常有此經驗，同學中，在校讀書時，成績第一、第二，操行甲等，進入社會往往平平庸庸。反有些中等以下成績的，到後來很有作爲，有表現。所以學校教育太看重分數來評判學生智力的高下，也不是很公平的辦法。

智育也該講合格不合格，每一門課應有一及格標準。及格了的，成績高一點低一點，不必太計較。但對不及格的學生，則應加以懲罰。例如國文、英文的好壞極難有一定標準，其他課程也一樣。學校教育如特別看重以分數來獎勵，則不得不每一門課，定一死目標，學生都向同一目標而努力，甚至死記死背，智慧都窒息了，豈不欲利反弊。因此智育也應重懲罰。一個學生課業不及格，是他不盡力應處罰。但人的智慧，天生就不是平等的，超過了及格標準的學生，應多留給他自由發展的餘地。有的學生智慧特高，應鼓勵他向上，這是沒有限止的，與獎勵不同。鼓勵使學生自由發展，獎勵則有一固定目標，使學生自以爲滿足了，兩者績效不同。

談到體育也一樣，每人體質不同，有人天生喜歡動，有人則否。有的人午飯後需要午睡，有的人不需午睡。有人只睡一刻鐘二十分就行，有人非半小時、一小時，不能恢復精神。因體質的不同，而有不同的需要。學生進了學校，不論喜動不喜動，都應上體育課參加運動，這是學校規定應遵守。但不必獎勵人人都成運動員。至於不上體育課的應懲罰，其他運動應任由學生自由發展。學校不必獎勵不要午睡的學生，但如睡了一小時，還要睡，連上課也不顧，除非是生病就應懲罰。

至於羣育也是一樣，有的人喜歡處大羣，有的喜歡和少數人交往，這也因性之所近而不同，應讓人有自由。羣育是很難獎勵的，羣的標準又更難定，但害羣之馬則該懲罰。

中國傳統的教育精神看重罰，政治也一樣，但只說：「俟其後者而鞭之。」一羣羊在跑，跑在前面的，前前後後有點差距可不管，但管在最後的，要鞭它向前。這是過去中國文化中國教育一個大體方針。所以中國人不喜講競爭，也不看重獎勵，而也不廢懲罰。近代學校教育看重分數，樣樣可有比賽，喜用獎勵，社會也都提倡競爭，那裏面實在有問題。

我國漢代行察舉制度，賢良方正茂才異等都可察舉，孝廉照說不該察舉。孝是子女的本分，廉是官吏的本分。政府特別獎勵人孝，獎勵人廉，到東漢就形成種種奇怪的孝子，奇怪的廉吏出來。所謂「上有好者，下必有甚焉。」孝廉變成了名利的途徑。於是東漢行喪三年爲常事，更有加倍服喪的。光武子東海王臻和袁紹都是喪母服孝三年畢，追念喪父時幼小，又行父喪。更有爲舉主故將服喪三年的。並有棄官行喪的。甚至有人葬親不閉埏隧，自居其中，行服二十餘年，鄉里稱孝，而五子皆服中生。陳蕃特致其罪。

東漢時因奬勵廉，社會上推財與人，兄弟分居，推多取少，讓爵推財的故事很多。有避聘不就以讓親屬，其他高節義行不勝舉。後世推美東漢士大夫風習。但過份奬勵，道德不免流弊。道德是人人應具備的，過份奬勵導致人爭奇鬥勝，而易引人入於虛僞。社會重形式虛名而忽略了內容與實際。魏晉以來的名士，反名教的種種過激行爲，不能不說是東漢過份重視名教所激出。而魏晉以下的士風，對社會人生影響就太大了。這問題我們無法在此詳論。

總之講德育，人人都不應是壞人，件件都不該是壞事。現在社會要提倡好人好事，奬十人，其他幾千幾萬人不在其內。奬百人千人，仍是奬不盡。如果有人爲了奬勵來做好人好事，這種人可不眞是好人，這種事也不定是好事。我們要改良社會風氣專從奬勵好人好事做起，也不該忘了懲罰壞人壞事。

前些時，在某報上看見大篇報導，一八十餘歲的老人，幾十年前，先把兒子媳婦送出大陸，以後又自己帶兩孫女逃港來臺，與兒子媳婦團聚。他在永和經營了二十幾年的房地產，改善了一家人生活，並將四個孫男女送美留學。自以年老，又把所有房地產經營交給其兒子，滿以爲自己可以安享餘年，誰知兒子媳婦私下把產業全轉了名，賣了，移居美國，丟老父於不顧。那老人又千里跋涉找到美國去，兒子竟閉門不納，促使老父去死。老人在異邦沒法，回到臺北，認爲在自己社會裏可以對不孝兒媳有所制裁。報紙披露了這一則令人心酸的新聞，也有善心人出來救濟，並願收養此老人，但不見有對那不孝兒媳有所懲罰。他們人雖在美，據報載還有不動產在臺，依法老父無權出賣。但法是人定的，一國的法，應合一國的國情。我們的文化重人倫，古代依法，殺人者死，但弒父是大逆不道和普通殺人不同。西方人不看重人倫，現代我國的法全照西方，也不聞對弒父另定罪名。只有未滿年齡者弒父，亦得依法減輕。而此不孝兒媳，則縱在自己國內，亦得逍遙法外，並得保存其地產，難道這也算保障人權自由嗎？

古代地方首長由政府指派，縣長稱父母官，他對地方子民應如父母愛子女般照顧。因此地方官人選，照理亦當首重德性。凡有鰥寡孤獨貧苦無依者，有所仰賴。社會上泯絕人倫者，有所戒懼。現代一切講民主，講法治，地方首長由民選，自由競爭，德性似不在考慮之內。一旦當選上任，常有瀆職舞弊的事件發生，只要逃避法律，便也無可制裁。若再說出父母官的名義來，豈不是封建思想，會受人詬病。

前些時，又看到基隆一則地方新聞，一海員妻子，生有四子女，但與一計程車司機通姦，海員外出，他的叔父前去規勸，計程車司機竟將他從樓上推下，活活摔死。警察前來處理，姦夫淫婦恬不知恥，表示愛情至上，生死與共，竟然談笑自若的隨警察而去。我很留意這一案子的判決，前幾天見報載法院宣判殺人司機無期徒刑，而淫婦則只判了一年餘的刑期。我不禁掩報長嘆，殺人者死，這是法律常識，但那法官意，大概以爲那司機只是推人下樓，並不是要摔死他，所以不抵命。五倫以夫婦爲首，既爲人婦，應守婦道。既爲人母，應重母儀。我們看社會新聞常有爲生活所迫，出爲吧女、酒女的，不肯讓她自己子女知道她自己所做的職業，至少她還懷有羞恥心。那淫婦實在不知恥，但新聞報導沒有說明法官爲何只判她一年多的刑期。想是她只是一殺人從犯罪，至於我們所謂「婦道母儀」，則並不在我們法律的考慮之下。

古人說：「處亂世用重刑。」今天的法律，似乎偏向保障惡人，除法律規定外，一切得自由。近代西方，又盛倡要廢止死刑，這也是保障人權，但受害者誰來保障？我不知廢止死刑，在西方社會影響如何，但此法推行到香港，極受中國人反對，然亦無可奈何。依照中國傳統，社會輿論，其力量尙在法律制裁之上。如淫婦公開通姦，如不孝子竟至弒父，社會不齒以人類，乃使其在社會上無面目再做人，那是一種社會教育。但現在社會，也只知重法，對如我上舉的兩條新聞，縱然心中氣憤，誰也不敢仗義直言。我們的社會，儘自慚不如人。那裏敢自有意見。法律一裁決，甚至不加理會，漸漸也就淡忘了。這難道就是移風易俗與理想的現代化嗎？

近來我們社會，又特別獎勵運動，舉國上下提倡運動，眞做到不遺餘力。實則運動是講競爭的，十個人比賽只有一個人第一，十個隊比賽只有一隊第一。注重體育，是教育上要我們每一個人注意自己身體的健康，其意義並不在競爭。西方人喜歡競爭，甚麼都要比賽，各種運動比賽不必說，連喝茶、喝啤酒、吃東西都集大會公開比賽。甚至男女接吻也都要比賽，誰能接吻長久時間，獲得世界第一的榮譽。但過份看重比賽，反而要傷害了身體，這在西方人似乎不計較。

我們現在，提倡棒球比賽，每年爭全國代表權，自領隊、教練到球員，眞是用盡心機。有的學校專爲培養球隊，對球員特別的待遇，供備特別的飲食，功課可以馬虎。政府又有規定爭得世界冠軍的代表隊可保送大學，似乎只要能在棒球比賽中爭得第一，其他一切的人生沒問題。兩隊相爭，一勝一負，賽後握手言歡，這叫體育道德，然而這只是表現在外的一種形式。私下裏的心情，誰也不問。社會過份看重獎勵，於是近兩年來，就多棒賽舞弊的事發生。至於青少年的教育，究當以何爲要？保送入大學，其學業成績又如何？只有了獎勵，此等皆可置而不問。但父母愛子女，究竟是否只望其成一棒球明星呢？一說到爲國爭光，則人人只有額手相慶了。惟競爭有勝有負，誰又能保證年年得勝。勝固可喜，敗又如何？如要加意提倡此種風氣，也應顧及十年二十年，乃至五十年後，對各個私人的影響才是。

我們現處在東西文化交流，新舊思想衝突的時代，可舉的社會事例太多了，舉不勝舉。但所當注意者，「獎勵」與「懲罰」雖是同一宗旨，但卻大有分別。兩者使用偏輕偏重，後果大不相同。我們今天處處要講個人自由，但自由應是多線發展的。獎勵是要人只向一既定目標發展，所以獎勵反會無形中妨害了自由。而且有些事實在不該有自由。如淫婦，如不孝子，那得任其自由不問不聞。實該有懲罰。中國人更重教導，家庭社會，同須有教育。社會輿論、社會制裁，此所謂風化。有此風氣，使人心感化，感化亦是一自由。所以眞要提倡自由，就應有懲罰。而社會懲罰，則是一項感化，有教育意義在內，較之法律禁止，更有意義，更有力量。中國的傳統文化，實在有再需我們深思處。

另以我們的生活來說，生活幸福在能自得其樂，不是要與人比賽。太不幸福的生活，當然要設法謀求改善，合格了就該自得其樂。中國人喜歡說：「比上不足，比下有餘。」又說：「人比人，氣死人。」幸福的標準，那裏有一定，比來比去，沒有一個家庭是美滿的，沒有一個人的生活是幸福的。

只重獎勵，重競爭比賽，失去了各人的自發精神。所謂「俟其後者而鞭之」。此話眞值得我們深思。一百隻羊怎能都跑第一，一定要鞭策它們競爭，徒增紛亂，使得每隻羊都筋疲力盡的不開心。一羣羊在前跑，任它們前前後後自由自在的跑吧！只鞭策那最後的，豈不是好！

師與友

中國社會的組合有君臣、父子、夫婦、兄弟、朋友五倫。夫婦、父子、兄弟三倫屬於家族，是一種親情的組合，也是社會基層的組合，也可說這三倫就是一小型的社會。君臣一倫，是帶有政治性的，是社會全體高層的組合。五倫雖屬儒家思想，但在孔子的論語裏，並沒有正式提出。直到孟子，才正式提出這五類人倫的組合來。然而有關五倫的大道理，在孔子的論語裏都講到了。

今特舉朋友一倫來講。孔子說：「無友不如己者。」這句話，一向引起後人的猜疑。人人要與勝於己者做朋友。如此，豈不人人都無法交到朋友，朋友之一倫，也建立不起來了。我們現在無法拿這句話再去問孔子，但這樣簡單的問題，後人能想到，孔子與孔子的學生，必然也早該想到，這其中必有更深一層的意義。

人與人相比，所差有限，絕對的好人與壞人，總是極少數。普通一般來說，人人都差不多，也許這一點上我比你好，而那一點上你比我好。但我們也得承認，人各有氣質、性情、愛好，等等不同。人與人之間，總有相異之處，而這相異之處，正是我們可以學習擇友之處。

例如有人性急，有人性緩，性急與性緩者交朋友，性急者可採性緩者之所長以補己之短，性緩者同樣也可採性急者之所長以補己短。又如一人性消極，一人性積極，兩人做朋友，也可互採對方之長以補己短。就是兩個同是性急人，或同是性緩人，或同是性積極或性消極者爲友，也互有高下得失，各可採對方所長來補己之所短。所謂「無友不如己者」，應是說交友之道，主要在友他比我勝的地方，不要友他不如我的地方。這樣說來，我們交友的範圍可以擴大了，朋友相處也融洽了。這實在是我們人與人相交一個重要的觀念，也是社會文化進步一個最重要的條件。

孟子曾說：「舜之居深山之中，與木石居，與鹿豕游，其所以異於深山之野人者幾希。」舜的時代，文化社會還是一個原始未開化的時代。所以後來到陸象山，他要問堯舜以前曾讀何書？陸象山的話太看重在知識上，不知人的德性上是各有可取之處。所以孟子說舜在深山中雖與野人差不多，但他能「聞一善言，見一善行，若決江河，沛然莫之能禦。」舜之偉大就在他能採人之長來補己之短。孟子說：「大舜有大焉，善與人同，舍己從人，樂取於人以爲善。」舜之所以能從一山野人進化到成爲一個聖人，就只在他「善與人同，舍己從人」這一點上。人類文化就是這樣慢慢進化起來的。

孟子說的這一番道理，其實孔子早已講過了。所以孔子要說「友以輔仁」，也就是這個意思。

孔子又說：「三人行必有我師焉。」三人中除己之外，尚有兩人，可作比較選擇。所以說：「擇其善者而從之，其不善者而改之。」如此則不但善者對我有益，我可以向他學，就是不善者，對我也有益，可以令我悔改，也是一種學。如此說來，友道中就包含有師道在內。所以五倫中可以沒有師。

論語第一篇學而篇中第一章說：「學而時習之，不亦說乎？有朋自遠方來，不亦樂乎？」這裏所謂的朋友，應是指孔子的學生而言。中國文化傳統講教育，很看重「教學相長」。學生中也自有氣質、姿性等種種之不同，而可以啓發先生，有可供做先生採取之處。孔子的學生如顏淵、子貢、曾子等各人顯然有不同，孔子在與學生的接觸中，能善與人同，集衆人之所長，以成就自己德性的完善。

這樣說來，「友道」「師道」其實是相通的，友道在採人之長，補己之短。師道在助人如何去採人之長，補己之短，而在其助人的過程中，也同時完成了自己採人長補己短之工夫。其實師道、友道都在「合衆異爲一同」，這是教育上最高理想，也是人與人交往最高標準。如此則人與人之交際，成一道義的，一藝術的。

孔子是中國歷史上第一位偉大的「師」，但他不以師自居，他只自說：「學不厭，教不倦。」又說別人不如我的地方，只在不如我的「好學」。孟子曾說：「人之患在好爲人師。」好爲人師，則善以己長爲人榜樣，要教人與己同，如此則你的長，只限於小己一身，並且強人學己，則人與人相處，也不易和睦。倘使我們人人能採人之長，善與人同，這樣就不僅擴大了善，人與人相處也易於和睦。「人」與「己」也自可融成一體。

孟子又曾說：「一鄉之善士，斯友一鄉之善士。一國之善士，斯友一國之善士。天下之善士，斯友天下之善士。」所以我們交友的範圍可大可小，主要在我們自己。你的志趣小，理想小，則只能友一鄉之善士。如你志願廣，理想高，抱負大，那麼可友一國之善士。如果你志趣、理想、抱負，更大更高，以友一國之善士爲不足；孟子說你還可以上友古人。例如舜，雖是上古之人，早已不存在了，但他這種善與人同，樂取與人以爲善的態度，可以永遠做我們後人交友的一個榜樣。所以孟子說：「誦堯之言，行堯之行，是堯而已矣。」又說：「人皆可以爲堯舜。」因爲人有善性，人是同類，所以人能樂取與人以爲善，能善取人同。人與人在這種狀態下來行友道，相互結成朋友，很自然的可以走向人皆可以爲堯舜的理想境界。

如此說來，我們一個做先生的，不僅可以做當代人的先生，還可以做後世人的先生。我們從先生的，同樣不僅可從當代人爲先生，還可以從古代人爲先生。可見「師」與「友」不能僅從知識上技能上找分別。如換一角度從人性來講，人與人都是同中有異，異中有同的。主要的分別，只是在善惡的問題上。因此我們可定一個善的目標，來講中國文化中的師道與友道。孔子說：「益者三友、損者三友，友直、友諒、友多聞，益矣。友便辟、友善柔、友便佞，損矣。」可見友道的損益，主要就在人的「德性」上。

清末譚嗣同說，中國文化，看重五倫不對，只朋友一倫還可以講。這因爲當時社會受西化影響，西方文化並不看重君臣、父子、夫婦、兄弟四倫，譚的話自有他的意義。中國文化講五倫，五倫之間雖有相通處，也可說同中有異，異中有同，但也不能因此而以其中一倫廢去其他四倫。中國文化觀念中，看父子、君臣、夫婦、兄弟，四倫也有如朋友交往，但相互間究有不同。孟子說：「父子之間不責善，責善則離，離則不祥莫大焉。」又說「人樂有賢父兄。」可見父子之間也當有一番友誼存在，不該專在嚴格的階級上分別。而家庭教育，重在環境薰陶，親情感化。所以說人樂有賢父兄者，樂其能成己，能做我的榜樣，這豈不也可以友道貫通了嗎？君臣只是職務上的不同。中國人說「爲人君止於仁，爲人臣止於敬。」還是一種朋友相交之道。至於夫婦，重在「相敬如賓」，更可算是一種友道了。論語說：「四海之內皆兄弟也。」這是說朋友也等於兄弟一般。在小範圍中，大家平等有如兄弟。在社會大羣體中，人的交游廣了，大家就成了朋友。只是父子一倫，不僅年歲有差，一是生我，一是我所生者，顯然不同。君臣一倫，在職務上又有主從之不同，一是發命令管我者，一是要服從命令我受他管者，也顯然不同。所以父子、君臣，兩倫不能拿朋友一倫包括盡。而五倫之中，中國文化又看重以家庭倫理做基層，因家族血統關係，含有親情在內。

西方古代希臘文化始於工商社會，商人輕別離，夫婦聚少離多，故不看重夫婦之道，也因此不看重父子兄弟兩倫。而君臣一倫就成了法律上的關係了。至於商業上的主顧與商人，純是利害關係。西方工商文化只看重功利，不看重親情，更談不到性善了。所以西方人雖講朋友一倫，也與中國人所謂朋友有不同。

中國傳統文化觀念並非不看重工商業，但講商業重「通有無」，以「己所有易己所無」，以這種觀念來講商業，不僅在物質上可通有無，也等於在性情上情感上通有無。這一種商業的交往也成了人與人相處，一種善性的道義的，這也就是朋友相交之道，也含有一種相互間的啓發作用。人類的這一種心情與態度，就是世界步入大同，人類和平共處的一個最基本的要素，這也就是中國文化中所講的友道。

現代教育太看重在知識技能上，講學問只重在知識問題，技能問題上。於是師與弟子之間，有了階級的分別。師友之道，如只從知識技能的高下觀念來看，社會變成只講比賽競爭，知識要比高下，技能要比高下，人人要求超出他人之上，人人參加在這比賽競爭之中。本來一個平等和樂的社會，變成了一個競爭分階級的社會。

中國傳統觀念中的師友之道，偏重在人德性的陶冶上，以善作爲最高標準，要教人從異中求同，取人之長補己之短，所謂變化氣質，重要在自我教育，合作向上，這其間沒有階級也無需競爭。所以孟子說：「歸而求之有餘師。」又說：「君子欲其自得之。」所謂自得者，就是以朋友做你的榜樣而自學，這個朋友在知識上或技能上並不如你，但在德性上，你仍可友他之長。韓愈師道曾說：「弟子不必不如師，師不必賢於弟子。」師道友道結爲一體。在家庭中，我們可以說父母是我師，兄弟是我友，這其中有個親情在內，中國傳統的師友之道，本帶有父子兄弟般的親情在內，並且也特別看重這種親情。現在的教育只重知識技能，因此不看重師友之道在德性上的陶冶，自然失掉了這種親情之感。

知識技能僅求講「眞」，而善不在其內。中國文化更看重講「善」，善不僅限於德性，其間也包含知識技能。我們可以說，中國傳統的師友之道不從功利觀點上看，而是從人的情感上、道義上著想，其理想在求「人」「己」成爲一體，社會中人人能和平相處。

孔子之後，孟荀兩家都傳儒家思想。孟子主「人性善」，所以他看重人倫，講君臣、父子、夫婦、兄弟、朋友，五倫之道。荀子主「人性惡」，他講天、地、君、親、師。以君親師與天地並論，則帶有一種管束的意味。因此荀子思想中的「師道」，自與孔孟思想中，「師友之道中之師」，不相同。西方社會發展近於荀子說法，他們一方面看重比賽競爭，一方面又看重法制與管束，這和中國傳統文化的理想大不相同。

近來屢見報上報導，教育當局決心根除惡補的消息，又屢於親友處，聽聞某些著名高中學生，爲升學競爭，而私下請名師補習，同學之間，則隱秘不言。深恐同學也去補習，而勝過自己。一種狹窄自私之心從幼養成。近年來，我對中國傳統教育思想極感興趣，耳聞目見現代教育的偏向發展，不能不有動於衷。私心以爲改革教育，若只看重在法制管束的一面，而不從積極提倡情感道義的德性陶冶上著手，換言之，若不從教育的根本上求改革，則恐難期實效。特以傳統中的師友之道爲文，聊抒管見。

風化與法律

我們每一個普通人，全部人生的教育分三階層。最基層的是家庭教育，屬於人生教育的基礎。主要的對象，是家庭中從幼年到成年期的子女。家庭教育所應注重的，是父母兄弟之間的「孝悌親情」。換言之，基層的家庭教育，主要在看重父子兄弟兩倫。

其次是學校教育，青年人從家庭轉進學校。學校教育主要在培養人才，因此學校教育的性質，理應偏重在「知識技能」方面。

第三是社會教育，這就牽涉到教育最廣大的一面。青年人脫離了學校，進入社會，都不免受到無形的社會影響。社會教育特別重要的，是所謂「社會風氣」問題，它注重的是在社會中，各個人的私人道德與修養，尤其是有關君臣夫婦兩倫。從社會的組合看，一個成年人，在公的方面，脫不了君臣關係；在私的方面，重要的是夫婦關係。中國五千年文化的傳統，對於社會風氣提出重要的兩個字——「廉恥」。在公的方面，不能奉公守法，貪污不廉，或犯上不忠，這是公務員的大不道德，爲人所不齒。在私的方面，已婚嫁的男女往來，破壞了正常家庭，所謂傷風敗俗的行爲，同爲人所不齒，這又是大家公認的人生大不道德的另一面。

社會風氣應分兩方面，一方面在「獎勵」人生，向一理想的目標前進；一方面又要「約束」人生，不要向壞目標發展。中國的傳統文化，一向沒有發展出自己的宗教，凡在中國流傳的宗教，都是外來的，因此宗教在中國的社會，不能擔負起人生教育中最廣最大的一層責任。所以在中國社會中，社會教育佔有一極爲重要的地位。

社會風氣並非固守不變的，每一時代有每一時代的社會風氣，也可稱風俗，這種時代風氣或風俗，對社會當代的人羣有很大的力量，足以影響到普遍人生。這種力量，就等於一種無形的教育力量，所以社會風氣或風俗，在傳統的觀念中，又稱爲風化或風教，就因爲它帶有一種教化的力量，然而社會風氣或風化，並不專趨向好的一面，也有壞的一面。古人所謂「君子道長，小人道消。」與「小人道長，君子道消」之兩面。一個人從小受到家庭教育學校教育，但待其成年進入社會後，仍會再受社會風氣之影響而轉變。對一般人而論，社會教育的力量，有時比家庭教育學校教育，影響人生更大更廣泛，因此更值得我們重視。

時代的演變，到今天我們無法再講家庭教育。因爲今天一般的家庭，做父母的早已自認爲落伍跟不上時代；而做子女的，則自認爲前進時髦。於是在家庭中，父母不敢嚴格管教子女，家庭教育在今天，已漸漸失去了重要性。現代家庭似乎都將家庭教育的責任，轉讓給了學校。也可以說，現代的中國社會，很少人再看重家庭教育了。這其實也是一種時代的風氣，一種偏向於壞方面發展的社會風氣影響的結果。

今天我們看重學校教育，要在學校教育中，提倡德、智、體、羣四育並重的發展。其實，這僅能偏重在理論上說。實際上，要專賴學校教育善進四育均衡發展，恐難達成理想。智育、體育的發展，尚可責成學校教育完成。至於德育與羣育，實應由家庭與社會分擔重要的責任。但，不論我們只看重學校教育，或看重學校與社會教育並重，在兩者之中，教師都佔一極爲重要的地位。在學校裏，教師是學生的表率；在社會中，教師也是人羣的表率。中國傳統觀念中，有所謂「尊師重道」，因此在社會人羣中，教師的身份自不同於一般人。

最近在報紙上看到一則新聞報導，臺北縣某國小校長和同校女教師，在旅社闢室約會，被女夫報警當場查獲，縣府教育局簽報縣長以免職處分，經由縣長下令免職。後因縣長受地方人士的人情包圍，改變處分爲各記大過兩次，該校長並可將功抵罪，不致受到免職處分。而該女教師，本無嘉獎記錄，校方竟於案發後兩日，以該女教師辦理營養午餐有功爲由，也簽報嘉獎獎勵，企求避免記過後受免職處分。

這一件有關教育人員緋聞案的主角，一位是學校校長，一位是學校教師，一是有夫之婦，一是有婦之夫，同是爲人師表，而竟然在行爲上如此不檢點。照傳統的觀念看，這就是傷風敗俗之極的行爲，教育局簽報免職處分，這在過去的傳統觀念看來，也是最普通、最起碼的處分。然而在今天時代風氣的影響下，竟有地方人士同情這一對敗壞教育風氣的男女，出面講人情，強將行政當局既定的處分改變，使人不明白，今天的社會風氣所要獎勵人的是甚麼？所要約束人的又是甚麼？

報上又載，該女教師於事後，竟親自到縣府教育局哭訴，希望教育人員幫忙，對她從輕處分。她並代校長求情。她告訴教育局人員說，她到旅社去只是爲了照顧酒醉的校長。一個身爲校長的人醉酒，理應回家，不應去開旅館。即使要開旅館，需人照顧，學校同事絕不只一人，爲何不由男同事，或由兩三位女同事同去照顧，也可避免瓜田李下之嫌。

報載該女教師，曾向教育局提出三點說明。她說：「第一：她與該校長之間事，刑責部分尙未確定，縣府就給予嚴厲處分，未免太那個了。第二：她這次所以發生這件事，完全與家庭不和有關。第三：希望縣府對該校長從輕處分，不要因爲她而影響該校長的前程。」但報上又載該校長幾乎喝得酩酊大醉，連上課時亦不例外，不時要由學校老師或喝酒的同伴護送回家。該女教師原是某公司女工，他的丈夫本是她的上司，曾一再鼓勵她求學，並出資助她上夜校進修，畢業後被分發爲國小教師。十一年前，兩人結爲夫婦，婚後感情甚篤，並生有三個子女，但自從該校長調任來校後，於半年前傳出兩人有不正常關係，女教師夫婦感情冷淡，最後夫婦分居。照此記載，則此兩人及其所爲之是非善惡，已不問可知。

這一件教育界的緋聞案，由法律來裁判是另一回事，在法律之外，先應有社會輿論的裁判。而社會輿論之中，特別重要的，應是該校同事輿論制裁。大家同在一校，爲維護整個學校的校譽，至少對當事人應表示反感，加以責備。其次在學兒童的家長，也應顧念子女教育，而對此事加以關切。但在新聞報導上，均未見到對此兩方輿論之有關報導。只見到事情發生後，該校以此女教師辦理營養午餐有功，簽報嘉獎獎勵，以此替她將功抵罪。不知是否該校諸先生，認爲做一位教師，辦理伙食的才幹重要，更勝過於他私人的道德？又是否身爲教師，可以不看重夫婦一倫應有的道義呢？更不知是否在校兒童的家長，更歡迎如上述那位女教師般的人，來任他們子女的教師？而此刻據報所載，僅見大家對此兩人歡迎過於排斥。這一種時代風氣，反應到行政當局，縣長的處置也不得不受人情影響而從輕處分。除此之外，沒看到社會中有人再來追問批評這件事。

從政治體制來講，依照過去的舊傳統，一個縣長，他代表中央政府，而是地方上所謂清明的父母官，地方上一切事應由他來作主。今天講民主政治，縣長由地方民衆選舉，他應代表多數民衆意見，爲民服務。今天的縣長，所該管的，似乎與從前的縣長有很大的差別。縣政府下設有教育局，是由政府挑選對教育比較有專門知識、專門經驗的人來負責。學校似乎應由教育局來處理，萬一教育局難以處理，可以向上級教育廳請示，教育廳上面尚有教育部。像學校校長、教師這種傷風敗俗的行爲，教育部也可重言申明教育部的意旨，下令教育廳、教育局，照令辦理。因爲站在教育界的立場來說，這實在不是一件小事。而今天似乎教育局將處理的權讓給了縣長，並也未見教育廳、教育部對此事適時加以注意。這其實是一件值得我們注意的大事，這絕不能被看做只是一個學校，兩位教師的問題。這乃是整個社會問題，整個社會的觀念思想問題，也可以說整個社會風氣風俗的問題。誇大而言，這實在是有關國家民族未來發展的一件大事。社會風氣是否需要有人大力提倡，使它走向一高標準的方向發展？這難道不值得我們深思嗎？蔣公曾提倡「復興民族文化」，第一點便舉出「倫理」一項。然而，今天社會風氣究竟有沒有走上復興文化的路，是不是重視倫理一項？豈不值得我們再檢討。

照目前社會情況看，子女在家庭可不接受家庭教育。根據新聞報導，今天的社會，子女離家出走是常事。爲人父母，身爲一家之主，離婚鬧婚變也是常事。年老一代的，或單身，或二老獨居，沒有子女孝養，也是常事。今天的家庭，實際已是名存而實亡。

現代的人，看不起一切舊社會的道德觀念，認爲那都是封建的遺毒未盡。今天一切講民主，講自由，好像自由可以漫無限止。所幸在自由的背後，還承認有一法律存在。只要能站在法律的邊緣，不直接侵犯到法律的權限，即使違害了他人，能逃過法律的制裁，便都是我們可以盡量放任的自由。然而法律所能管束的，畢竟有限。這種漫無限制的自由，我們是否應盡量提倡？這是一極大的社會問題，關係於一時代的社會風氣與風教，關係於每一個人的全部人生，我們不得不愼重考慮。

今天的社會，似乃走向除法律外一切可講自由。如此發展下去，豈不變成誰也管不了誰？不能維護社會安寧的政體，要它何用？縣長受人情包圍可更改放寬處分，我們要問人情究竟將社會風氣引向那條路，這豈不是一大問題値得我們研究？我們不能專以「自由」、「民主」、「科學」、「進步」、「現代化」這些時髦的口號，來包括盡社會的一切發展，尤其是有關社會的風化風教問題。倘使我們認爲一切舊的社會道德標準都不合新時代的要求，該丟棄了。今天是科學時代，一切講現代化，我們也應走進新道德標準的路上去。但新道德是否也該給人羣帶來家庭和諧，社會安寧呢？

健康與幸福

去年舊曆年前，外子偶攖小疾，起初以為只是胃病復發，不以為意，卻不料纏綿病榻達四十日之久。最先二十天，沒有出臥房；後二十天，只從臥房出至樓廊小坐，直到舊曆開春前一兩日始能下樓。賓四在病中，常言這一次病，不知引起了他幾多平常從不記憶的瑣碎之事。又說，他回憶起在古書中討論到幾項問題，但這些問題，都屬專門知識，如天文、曆法、醫藥之類，都是他一向頗少注意，並無深切瞭解的問題。他常說，希望病起後重檢那許多書，看是否有像他病中所記憶的。若使真有此事，那卻很可怪，極值得研究。有一天他又說，他此刻悟得了一番人生真理，真夠快樂。我說，我不想聽你那許多胡思亂想，卻很想知道你此刻所悟的那一番人生真理。賓四說，此非三言兩語可盡，需待他病癒後再細述吧！元宵節已過，一天，晨起，濃霧迷天，我們夫婦早餐後對坐樓廊。我又舊話重提，賓四興致很高，於是由我記下了這一篇樓廊閒話。

賓四說，其實他所悟的那番人生眞理，是極通俗普遍，人人能知能言的。他平常也屢屢講到過。但是現在他年過八十，經此久病，突覺悟到這一番眞理的眞實意義，講來很簡單，只「健康即幸福」五字可包括盡。他說病中躺在床上，時常聽到園中兩隻小狗的吠聲，又聽到窗外枝頭上的鳥鳴，他想飛禽走獸只要其生命在健康中，也就是幸福。「生命」、「健康」、「幸福」，這三項其實只是一體。因此想到陶淵明詩「犬吠深巷中，鷄鳴桑樹巓。」把此犬吠鷄鳴來形容當時他所領略的一番農村快樂的情味，眞是言淺而意深。

賓四又說，禽獸的生命是如此，人類的生命也同樣如此。遠在五十萬、一百萬年前的原始人類，他們水而漁，野而獵，有時幾乎以生命相搏鬥。由我們今天想來，他們的生活是如何的辛勤與勞累。其實在他們當時，認爲那只是健康生命所應有的一番表現，也即是一番幸福。在他們偶爾閒居山洞中，雕刻、繪畫許多的物像。在良宵月夜，一家人走出洞外，又跳又唱。這些歌、舞、雕、繪，直流傳到今天，便是人類藝術的淵源。他們雖屬於舊石器時代，但和今天的蒸氣時代、電氣時代，乃至於核子時代，一氣相承，而爲其最先的開始。

人生無論原始人，或是現代人，一切變化與進步，同樣都是健康生命中所流露。同時也可說即是人生的幸福，所以生命、健康與幸福只是一件事。但是不知從何時起，人類走上了一條歧途，又產生了「工作」一觀念，認爲人生需由工作來追求幸福，於是乎「人生」與「工作」與「幸福」乃變成了三件事。工作成了一種手段，一番不得已。但工作需賴於人生的健康，人生的健康好像只是一筆本錢，要人生經過勞累辛苦的工作之後，始能獲得幸福。如此，幸福幾乎在人生之外了。又把人生說成了一種罪惡，一種災禍，其本身乃無幸福可言了。

心理影響到事實，反而增多了人生的病痛。就我們一般的常識來講，似乎文明時代的人生，健康是一種非常性的，疾病卻變成了一種常見的事。健康中的工作像是並無價值，要從工作去換取另一種幸福人生，才算是有意義有價值，於是乎就把工作與娛樂分開來看。所以說工作時工作，娛樂時娛樂。工作成爲人生的前一段，娛樂成爲人生的後一段，而工作中並無娛樂，娛樂中也像並無工作。最理想的人生，最好不需工作，只有娛樂。生命與工作分爲兩件事，生命可以不工作。

中國詩人說：因病得閒，好像病了才閒暇了。西方人也說：文明是從閒暇中產生。閒暇就是不工作，或者說在工作以外的另一種工作。是某些人，在某些景況下的一種特殊境遇。這樣一來，整個人生全變了。我們所謂文明人的生命，就同原始人的生命不同，也與飛禽走獸的生命不同。換一句話講，生命的本質應該說即是工作。除非生命變質，否則現代人生不得不說是一種病態人生；現代人觀念，不得不說是一種病態觀念，並不是一種健康幸福的。

再說，生命本身即是工作，而工作的本身，就是生命的一種健康表現，包含有一番快樂與幸福。自原始人的漁獵，進而有畜牧，有耕稼、有工商，其實是生命的一條線所演變。大家稱中國是一種耕稼社會，農民的生活是勞累辛苦的。中國古人常喜歡寫憫農詩，有所謂「誰知盤中飧，粒粒皆辛苦。」正可見人生是脫離不了辛苦的。而中國的田園詩人，又常歌頌田家樂，因爲農民的辛勞工作，就包含有一番快樂的情味在內。

中國詩人又常講漁、樵、耕、讀。漁樵是比較原始的，耕之後有讀。比較像是一種閒暇人生。可見從原始人生，到今天所謂的閒暇人生，像讀書研究學問，都是一種工作的人生，同時也是一種幸福的人生。

從物質人生方面講來，到今天有所謂科學的人生。從精神人生方面講來，到今天有所謂藝術的人生。忙碌與閒暇，科學與藝術，應該同是生命，同是工作，又同是健康幸福的。

農即是工，如耕如織，以其所有，易其所無。拿耕可以換織，織可以換耕，耕織所得，又可與漁獵所得相換。所謂分工合作，這就是一種商業了，人生的意義照理是這樣的。但由耕稼社會到工商社會，卻不僅是以其所有易其所無，而變成了一種牟利的人生。於是從這裏面產生出由工作換取娛樂、閒暇、與幸福的觀念，那麼娛樂、閒暇、幸福，變成是工作外的另一部份人生，或者說是理想的人生了。這樣一來，人生明明分成了兩截。所以在工商業的人生中，易於承認人生是一種勞累，是一種辛苦，是一種災禍，甚至於是一種罪惡。所以耶教看人生，幾乎就等於是一種地獄，人死以後，進入天堂，不再有勞累辛勤的工作，才是一種理想的人生。這樣子，豈不是變成健康人生的工作，反而不是理想正常的人生嗎？由佛教講來，似乎又不信人死後有天堂，卻更深一層從學理講，有一個他們理想的「涅槃」，只是一空虛，並不像耶教所謂的天堂。

中國本身不發生宗教，不論佛教、耶教，都是後來由外面傳入中國的。中國人只說一句「民生在勤」，沒有工作與閒暇之分。藝術的、文學的、哲學的、科學的，所謂漁、樵、耕、讀，全是工作，全都有一種快樂在裏面，全都是一種非病態的健康的人生。從中國人的傳統觀念來看，也可說一般宗教家所看的人生，實際上是一種病態的。而今天社會上一般人所希望的人生，要拿工作來換取幸福，也可說是一種病態。

以中國道家的哲學來講，工作是應無所爲而爲的，有所爲而爲的工作，則是一種病態的。以中國儒家思想來講，如中庸裏所說，有所爲而爲的工作是不誠的，也可說是虛僞的，因爲它工作另有目的，工作本身只是一個手段，在換取他的目的而已。但試問，不誠的虛僞人生，如何能換取一個理想、閒暇、快樂的人生呢？

從耶教講來，「人」與「天」是分而爲二的，所以我們說人生原始是罪惡的，最後有末日。照佛教講來，佛教不僅不認有人生，而且也不認有天，只有它這一番覺悟，所謂「涅槃」的境界。那才是人生最後的歸宿之處，天也空了，人也空了，只是「涅槃」。照中國人講，所謂「天人合一」，天之大德曰「生」，生生不息，便是天地的一項大工作。換句話講，天地就是一個大的健康。

所以易經上說：「天行健，君子以自強不息。」健，就是健康。健，就是工作。人法天，因為人根本就從天來的，所以要學天之「健」，要自強不息，這才是一個眞實的人生。而這種人生，在孔孟儒家正統講來，就是「性」。天命之謂性，這個性是向前不息的，人生不斷的要工作，這個就是生命之性。飛禽走獸也同此性。於是娛樂、閒暇、工作、辛勞，打成一片，一以貫之，這樣的人生，便是一種健康、幸福的人生。

大學裏講「格物、致知、誠意、正心、修身、齊家、治國、平天下」，這八個大綱目，實際上就是一番工作。這番工作，當然可以分成兩部分。修、齊、治、平，是向外的，看得見的工作。格、致、誠、正，這一部分的工作是內在的，就是我們上面講過的，好像是「閒暇的工作」。其實閒暇的工作，同樣是辛勞的，並不是無事不工作叫做閒暇。這種無所事事，不工作的閒暇，是不健康非幸福的。人生的一切災禍，一切罪惡，就從這一個觀念裏產生。今天的我們，即在這一種病態觀念中，健康固然是人人所需要的，而工作卻變成人人所想要回避的。不曉得生命本身便是一工作，於是向外、向內；物質的、精神的，一以貫之，工作就是娛樂，娛樂也就在工作之中，這樣的一以貫之的人生，才是所謂健康幸福的人生。

中國古人看人生之死，就是人生的一個休息，人生到此告一段落。但是這個休息只是個人的，人類大生命，則是生生不息。每個人的生與死，等於我們人血液的新陳代謝，老的一輩死了，小的一輩繼續上來，還是不斷的工作。那麼像這樣的人生，照例是只有幸福，只有健康，只有工作，這是人生的眞理。

我們應認識人生的一切工作，是一種分工合作，不要把它當作一種鬥爭與牟利的手段，不要把它與娛樂分開，好像拿幸福與人生分開。譬如說病，賓四說：「我現在常在病中，好像能從床上坐起來，從床上下來，在沙發上坐一坐；能從臥室走到樓廊來坐一坐，這也是一種工作，一種健康的增進，也就是一種幸福，一種人生的眞誠。我在病床上的一切回憶，如你所說的胡思亂想，其實也都是我以往人生中的工作。所以在這個觀念之下，疾病一面要求恢復健康，恢復工作，恢復人生與幸福。倘使病而不治，就是人生的一個安息了。」

賓四又說：「我常講中國人講人生，只講『安』與『樂』這兩個字。人活着是一個快樂，到死是一個安息。而這一種安息，應該也有一番快樂與幸福在內。」這一番道理，賓四自己說，他向來會講，然而講不眞切。他說他自己工作一輩子，然而仍未到一個純乎無所爲而爲的，最健康、最幸福的境界。孔子所謂「學不厭，教不倦。」「學」，就是一個工作。「教」，便是把這份工作來教人。然而孔子並不是說：「我學，要學做一個聖人；我教，是要教人家也做一個聖人。」這種觀念，就是有所爲而爲的人生，就是一種不安命的人生。天命叫我們人生是工作的，工作就是健康，健康就是幸福。這種「工作」、「健康」、「幸福」，三位一體的人生，孟子書裏不叫知命，而叫「盡性」。人生的本性是這樣子的。

賓四說：「我所悟到的人生眞理，其實還是孔孟所講的這一番眞理。這裏分成兩部分，一部分是人生的達道，達道要能盡天地，要能人類幾千萬年都行得通。而這一個道理，它有一個大本，大本就是人的生命，就是人的性，就是這一種健康生命所表現出來的一切的工作，而這就是人生最大的幸福所在。」

又說：「在宋明理學家說來，此種無所爲而爲的工作，便是『天理』；在此工作外別有所求，便是『人欲』。一切人生工作，應從天理出，不從人欲來。這才是中國儒家傳統所認爲健康而幸福的人生，這才是我病中所悟的一番眞理。」

人生的寂寞

人生有寂寞的一面，同時也有熱鬧的一面。一般說來，人總是喜歡熱鬧，而不喜歡寂寞。可是在人生情感的經驗中，有一可怪的現象，人在寂寞中反而容易感到有熱鬧，而在熱鬧中間反而更容易感到寂寞。

我們試以農村社會與都市社會兩種人生比較來講：從外表來看，農村社會比較像是寂寞的，都市社會比較像是熱鬧的。但在農村社會中有許多熱鬧的場面，如除夕辭歲，元旦迎春，元宵花燈，清明掃墓，端午競渡，中秋賞月，重陽登高，諸如此類節令慶祝，又有鄉里間宗族慶弔，親朋來往，迎春賽會等種種活動，農村生活反而使人感覺到每年有好幾次熱鬧的時節，令人歷久難忘。一個生長在農村的人，上述的種種熱鬧，往往會引起他終身的回憶。

工商業都市社會的人生，看起來是比較熱鬧的，然而在實際上，只披上了一件熱鬧的外衣，而包藏了一顆寂寞的內心。商人重利輕離別，一個商人離開家鄉出門遠行，從一個城市到另一個城市，他雖長年在同樣熱鬧的都市中奔忙，然而他思家思鄉，內心不免有一番寂寞。而他的家人，也因他的經常遠離，舉家爲之寂寞少歡。至於工人呢？都市越繁榮，工人在家作工的時間越少，大都離家向工廠集中。工廠也是熱鬧其外，而寂寞其內的。並也同樣給自己的家人帶來了寂寞，尤其是在工商業不斷的發達中，使得家庭婦女也逐漸走出家庭出外工作。我們若只從外表看，都市生活多采多姿，是夠熱鬧的。但如分開，從每一個家庭每一個人來看，都市人生個人內心的寂寞之感，是遠勝過於農村社會。都市越繁榮，農村社會的人越向都市集中，整個社會的人生好像越來越熱鬧，實際卻越來越寂寞。總之，都市人生在相互間的情感上，終不免要冷落些。冷落而不溫暖，那樣的寂寞才使人難安難耐了。

最近在報上看到一段有關美國故總統艾森豪夫人的新聞，標題是「寂寞的艾森豪夫人」。報導中說，美國陸軍遺孀之家的一位發言人說：「寂寞的媽咪艾森豪夫人申請住進這個她曾參與落成典禮的陸軍軍官遺孀住所，已等待將近一年。」報導中又說：「八十一歲的艾夫人，在去年四月已向這個遺孀之家申請一間單房公寓。但她很有風度的同意按照申請名單的順序等待，不搶在他人之先。她現在住在賓夕法尼亞州的家族農場。依照這農場贈與國家作爲紀念的文件，她可以住在那裏度過餘生。但是她的一些朋友說，近年來她住在那裏感到非常寂寞，尤其是在一位多年的老管家退休之後。」依我想來，艾森豪在第二次世界大戰中，曾任西歐聯盟統帥，回國後，曾任大學校長，又繼而被選為美國大總統，在他長時期的生命中，豈不可算是一個極端熱鬧場合中的人物，艾夫人和她丈夫同樣過了一段長時期的熱鬧生活。艾森豪退休後，他們夫婦從熱鬧場合中退下，生活自不免有一番轉變，艾森豪去世後，艾夫人的寡居生活更不免有寂寞之感。但若從人生的另一個角度來看，艾森豪至少可說是美國近代一烜赫人物，他對美國國家社會的功德自在人心。照理說，他的寡居太太生活在自己國家中，不應有寂寞之感。至少她對已死丈夫的懷念，應比別的寡婦有更多更深可值得追憶的往事，以寄託自己的心情。更何况她有農莊，有產業，又生活在自己的家鄉，親朋鄰里鄉黨也應可解其一部份孤單寂莫之感。以常情論，更何至於有寂寞難堪之苦。但她到年高八十一歲終不免因難耐寂寞，而想離開自己的家鄉，申請住進陸軍遺孀之家。至於遺孀之家，也已早有人滿之患。僅舉此一事，也足可推想美國社會人生寂寞狀况之一斑。

守寡居鰥在過去中國家庭向來是一平常事，他或有子女可以相依，或有親戚可以為伴。在農村社會有親朋鄉黨鄰里的往來，有對家中死亡者的追念，種種禮儀，使守寡居鰥者的精神人生也有寄託，雖有寂寞，並非不可忍耐。今天我們逐漸走向工商業社會，力行小家庭制，子女大了，各自成婚出嫁，另立家庭，僅剩夫婦兩人，到了晚年家庭更見其寂寞。

照理說，我們的人生看重家庭更應過於看重社會，人處家庭雖不比社會熱鬧，但應是溫暖的；人處社會是比較容易感到寂寞。然而今天美國的人生，卻是只看重向社會去求熱鬧，而忽略了家庭溫暖的重要，他們的家庭卻好像同寂寞相依爲命了。美國社會如此，而近代其他各國的工商社會都市社會也復如此。不幸今天我們中國的社會也正向此方向發展。那豈不是一種很值得我們注意並應愼重思考的現象嗎？

中國人對於人生一切實際問題似乎比其他民族體會得更深切，瞭解得更透徹。中國古人常勸人要能安耐寂寞，認爲人生應向家庭中求溫暖，不應向社會去尋熱鬧。中國古人有一句話說「高明之家，鬼瞰其室。」高明之家是指富貴的家庭，不是指貧賤的家庭。家庭富貴了，就難免有熱鬧，過份熱鬧，就會「鬼瞰其室。」鬼要來了，這即是寂寞來臨的凶兆。可見古人認爲不僅社會過份熱鬧了要不得，連家庭太熱鬧了也一樣要不得。「門無車馬喧」「雖設而常關」。那是詩人咏其佳居清閒快樂之感。但如達官顯宦，當時是門庭若市，十分熱鬧的了，一旦退職，便有門可羅雀之感。中國人所謂的「世態炎涼」，更易在熱鬧中領悟，而非寂寞中所有。此惟中國人能瞭解到此境況與情味。若儘愛熱鬧不甘寂寞，而又不願遇到世態炎涼，那眞是難之又難了。

中國社會一向是以知識分子士大夫階層作爲一領導中心，所以中國古人更希望知識份子能安耐寂寞。尤其是當國家民族遭到大變動，或大禍患來臨時，做一個知識份子更能不怕寂寞，國家民族才有前途有遠望。諸葛孔明說：「淡泊明志，寧靜致遠。」淡泊與寧靜，必然在寂寞的環境中，這即無疑是要人安耐寂寞了。明末淸初黃梨洲，批評侯方域，說他一生的大病就在不能甘於寂寞。中國傳統觀念中，尤其對女性，更要求她們能安耐寂寞。這並非是要壓抑女性，務使男女不平等，實因男女兩性自然天性有不同，而家庭的溫暖主要更靠女性來維護。家庭有溫暖，這是使社會安寧最重要的一點。

詩經三百首，第一首關睢即有「窈窕淑女」。朱子集傳窈窕「幽閑」之意，乃指女居深閨，即是一番寂寞，故得成其爲一淑女，爲理想家庭中的標準女性，所以說「君子好逑」。杜甫詩有「空谷有佳人，日暮依修竹。」空谷日暮的深竹裏，那是何等寂寞的景況，那空谷佳人便亦即是一窈窕淑女了。惟其能耐此一寂寞，故得成其爲淑女與佳人。這可稱爲中國文化中一傳統觀念。唐人詩有「閨中少婦不知愁，春日凝妝上翠樓，忽見陌頭楊柳色，悔教夫婿覓封侯。」這也是一首形容少婦深閨寂寞的詩。一個少婦，丈夫從軍遠別，她在深閨中，日子照舊一天天的過去，居然能不感寂寞。她偶然一天凝妝登樓眺望，忽見陌頭楊柳之色，才猛然感到已是春天了，這才逗引起她懷念遠人之情懷。這是因她一心盼望其夫之封侯，情懷有所寄託。然而這首詩所描寫的，實在也是當時中國社會一般家庭女性的生活與心情。這種生活景象，在今天社會固然很難碰到，而當時女性的那種內心情感，也是今天社會的新女性所難以瞭解與想像的。

我們試看劉向列女傳中所舉各故事，乃至廿五史中自後漢書開始有列女傳，從古到今，歷代所謂賢妻良母，懿德美行，其貢獻並不僅是在相夫教子，居家行婦道而已。其影響所及，往往關係於整個國家，乃至整個民族文化傳統。如孟母岳母之類，豈不人人皆知，不煩例舉，不煩詳說，史冊俱在。那些有偉大貢獻的女性，有那幾個是在熱鬧人生中孕育而來，她們豈不都是在人生的極度寂寞中完成其貢獻的嗎？

今天的中國社會，逐漸走向了工商化。大家說，我們的生活，也該要跟上時代而轉變。工商業發達，帶來了都市繁榮，連鄉村也要求能都市化。卻不知此一轉變太快速，家庭的溫暖也連帶保不住要從此失去了。今天一般女性受了這一種風潮的衝激，大家都要打開大門走出家庭，向社會去找尋熱鬧。而一家之中，上有老，下有小，這一羣老的小的，失去了家庭的溫暖，又如何來渡此寂寞呢？

前不久，臺北發生江子翠分女屍案。警方為要查明死者身份，要求凡有年齡相近，而在近期行蹤不明的少女家長，向警方報告。據報載，警方接到一百三十多件少女失蹤的報告（年齡不相近的失蹤者應不在此數）。那一百三十多少女，她們當然各自有不同的個性，各自受到家庭社會不同的刺激，使她們人人不安於家，而共同選擇了離家出走的路。如若將她們一個個分離來看，似乎背景都很複雜。但實際上可以說，「不耐寂寞」是她們離家出走的共同原因。這顯然，我們今天的社會，也將走向一條失去家庭溫暖的路。人生若沒有了家庭溫暖，人人需向家庭以外去找尋熱鬧，這樣的人生，其後果也就可想而知了。

不久前，又曾見報載日本一學者，名中山茂，現任大學教授，他出版了一本書，書名是女子大學生亡國論。主題是說，女子讀大學的人數要是太多，國家就會亡。這一本書出版後，在日本國內曾引起不少的爭論，而在我國經新聞記者報導後，也引起社會一番評論。報導中說，有人問著者寫此書的動機，中山茂答道：「心所謂危，不敢不言。」中山茂又說：「我贊成女性進入大學深造，但深造目的應以修養人格，或眞誠的做學問爲限。遺憾的是，事實顯示，不能做一個好的『社會人』，甚至不可能成爲一個好的『家庭人』的『學士妻子』，卻越來越多。」我們姑且不論中山茂此書論點如何，但不可否認，今天整個世界無論那一國家社會都在變動中，都是受工商業發展都市繁榮的影響。如何能使社會繁榮，而又不損害人生的溫暖，豈不是今天極值得我們愼重思考的大問題嗎？今天的女性都要求參加社會活動，如何能使家庭婦女進入了社會，而仍然保守住家庭間的溫暖，這又是一個值得我們愼重思考的大問題。這兩個問題，並非只是值得我們今天重視它，也將是我們今天以後，全世界全人類，爲了追求人生幸福，所應深切考慮研究的大問題。

從取締惡補講起

最近屢見報載教育當局決心要徹底革除各級學校內不當補習的報導，很感到欣慰，眞希望這一項大力整頓教育弊端的開始，可以逐漸扭轉目前教育已走向偏歧之途。近兩月來，我也聽到兩個有關補習教育的小故事，聞之令人十分感傷。

今年二月，臺北召開選舉第六任「總統副總統」的國民大會，外子賓四有一位抗日戰爭時在四川同校教書的老朋友，也應召自美回國。他於三月底會議結束返美前，特來舍下敘舊。他談到在臺北的所見所聞，曾說起他有一老學生，本在臺北一著名省立高中任教，聽說他回國，特到旅館堅請老師師母去餐館吃飯，老友夫婦以臺北飲食昂貴，加以婉拒。這位老學生說：「我現在有錢了，你們愛上那家餐館可以指定，不必擔心價錢貴，我現在月入五六萬，比前大不同，不必爲我省錢。」老友以爲他現已改行經商，問起他的近况，纔知他已由省中轉去補習學校任教，他並毫不以爲意的說，他從前是一學校老師，現在轉任爲教書匠，同樣是在教書，但所入卻大不同。老友言下不勝慨嘆地說，他不料最近國內學風頹敗，師道淪喪，乃至於此，令他痛心，而幾乎夜不能寐；深爲國家的教育前途而擔憂。

另一位朋友，她的先生現任某大學教授，告訴了我另一則故事。她有兩女同在臺北一最著名國民女子中學就讀。他說：起初學校任課教師在每日課後加一小時給學生補習，每人每月繳三百元補習費。她兩女在校成績都極優良，本不需補習，但因所費不多，又因全班同學都參加，她不願自己女兒在班上顯得特殊，所以也命兩女參加補習。最近自教育當局要嚴厲取締學校內的補習，於是她女兒班上的補習由公開轉入了地下，教師不敢在他自己家給學生補習，於是轉到學生家中去作補習。這樣一來，地方有限，不能容納全班同學，只能少數參加。教師不甘損失，乃將補習費提高至每月每人一千元。後又因教育當局規定教師在校外約集學生補習，如被查獲，予以免職或解聘的處分。於是教師在提高補習費外，又要求學生半年一繳費，有的教師更要求一次預付一年的補習費。所持的理由是，萬一不幸他被查獲，遭到解聘，一次收了一年的補習費，可減低他的損失。

我的朋友說，自補習費提高後，她命兩女停止補習。她對兩女說：「妳們成績都很好，本不需補習，政府規定升學考題範圍不出學校課本之外，以後只要上課多用心聽講，升學應不成問題。兩千元一月補習費，不是我們公教人員家庭所能長期負擔的。」孩子並不爭要補習，但不久作母親的發現孩子考試成績退步，課本中又有不懂，而聽說那些仍在補習的同學則懂，纔知教師學校上課時

「留有一手」，以對付不肯再參加補習的學生。另外學校認爲那些學生不參加補習，有時間參加活動，被選入校隊訓練音樂、舞蹈等團體活動，以備代表學校出外表演。以前她兩女兒參加補習時，每天五點多便可回到家，現在不補習了，反而常要過六點半還到不了家，而回到家已疲累不堪，影響了孩子的家庭自習，很使做母親的煩心。

朋友又說，依照學校規定，凡成績優秀的學生才可被選入校隊參加表演。照理說，這是很合理的，但在無法眞正根除學校地下補習及教師上堂留有一手的惡性現象下，做父母的除非不打算要子女升學，否則必然遲早要向惡補低頭。她說她的長女現唸國中二年級，她靜待教育當局取締學校補習事件的發展，等今年暑假後，女兒要進國中三年級了，那時再考慮是否仍命她去參加地下補習。

這位朋友又說，最令她感到不安的是，教師公開向學生談到要提高補習費及要採取一次繳一年費時，所言種種，嚴重影響了孩子的心理。她家也是一教師家庭，她平時教導孩子應以父親做一清高守法的教師爲榮，不要羨慕同學家中所有的物質享受，所以孩子自小入學就對學校教師懷有一種崇高的尊敬。現在學校老師公然向他們索取鉅額補習費，並公開討論如何逃避政府法令，孩子們私下動搖了對教師一向的尊敬與信心，更進而對自己父母平日的教導也要提出抗議，理由是我們學校老師不這麼認爲。

我曾向這位朋友建議，她身爲學生家長，應該協助政府合力同心取締惡補，應將此種情形先向學校校長報告，如無結果，再聯合其他家長直接向教育局提出檢舉。她對我笑笑說，妳認爲這只是一位教師敢這麼做嗎？學校中一定有其他教師採取同樣行動，否則怎敢如此。她說雖不敢肯定，但可猜想校長並非全不知情，只是有種種顧慮，不得不睜一隻眼閉一隻眼算了。她的女兒現正是在學學生，她不敢出頭，怕得罪學校教師，影響了孩子在校的求學。她如出面檢舉，亦怕一般學生家長會怪她多事，她不敢做衆矢之的，還是靜觀其變的好。我聞言黯然。

我們僻居郊外，與外界接觸少，所知有限，特不厭其詳的舉出上述兩則眞實故事，也可想見近日學校課外補習一事，情態複雜，恐非政府一紙命令所能禁絕，其中牽涉到社會中種種問題。如果教育當局眞有心取締惡補，必需對此事背後之種種成因詳加研究，否則只得又一次不了了之。嚴厲取締的風聲過後，一切只是移步換形，惡補依然存在，至於提高了的補習費能否酌量減低，成爲一未可知之數而已。

本來學生需請補習先生，此事由來已久，有因資質差跟不上班，有因病或其他事告假誤了課業，或因轉學跟不上班，種種原因不一。家長爲子女請補習先生，或學校教師自願爲跟不上班的少數學生補習，這是一件很正常而又合理的事。但由個別或少數人需要的補習，而演變成了教育中之一普遍現象，稱之曰「補習教育」，儼然與正規教育分庭抗禮，再進而演變稱之曰「惡補」，形成今日教育諸多流弊中之一大流弊，則其間種種成因絕不能忽視。

有人說，當前社會上強烈的升學觀念是造成惡補的主要原因，於是呼籲家長不要太重視升學主義的觀念，強迫子女都向升學的路上擠。但國民義務教育由六年提高到九年，自難免希望能更進一步升學的人數會要逐步增加。任何時代任何國家，高級教育沒有不需嚴加選擇的。如何能減低或消除社會上一般性重視升學的觀念，此事也甚難盼望有速效可期，我們暫且不論。而有關今天對於教育風氣影響最大的「師道精神」，是我們應該首先重視，並應儘早提出加以討論的。

中國傳統文化中特別看重教育，因此也特別看重師道。所謂「師嚴而道尊」，又曰「師者所以傳道授業解惑也。」一切人生大道都有賴於為人師者之提示與領導，所以在學校任一師長，這件事不僅是一項職業，而另有其應擔負的一番重大的責任。可見教師雖也是一項職業，但此一職業，實負有一番「道德使命」，即此便是我們文化傳統中之所謂師道精神。

更進一步就中國傳統文化言，社會上每一項職業都應負有一種「道義」的責任，不僅教師一職應如此。在做人的大道中，大體言之，如做官、做農、做工、做商，都離不開一「做人」大道。所重在「道」上，便所輕在「利」上。即使做一商人也應有一番商人道德，不能只為個人謀利作打算。若專從謀利打算，而置道義於不顧，則有時會為害他人，為社會所難容。至於由不道的謀利，更進而為不法的謀利，則更所難言了。所以中國文化傳統中之所謂「道」，乃指「做人做事」的共同標準而言，為師者的責任正在指示與領導此一做人做事的共同標準。中國古人又說「經師易得，人師難求。」中國的所謂經書，本亦都講有關人生共同標準的種種道義，但到底只能算是一種書本文字上的知識。而中國人的教育理想不專重在知識上，更求爲師者之以身作則來領導此標準。於是此一項爲師的職業，更應輕視了「利」的一邊，來側重在「道」的一邊上。因此自古以來的教師，從不曾視教師爲一種謀利的職業，一旦你選擇了教師這一行，你必須要懷有淡泊自甘之志，要能在教學之中去追尋一種精神上的自我滿足，這是中國文化傳統中所特別看重的一種個人道德修養的要求，而爲師者則更應重視此一要求。但此事亦絕非政府一紙法令規定所能達成的。

今天的教育界，不時有出人意料的怪現象出現，有教師兼任計程司機、有教師向學生推銷保險、有校長收紅包安排教師職位等等，以及惡補所引起的種種不法謀利的怪現象。雖然這只是教師中之極少數的敗類所爲，但所造成的社會影響，也足以震撼社會人士的視聽，破壞中國傳統文化中所看重的「師道精神」。今天學校中種種由師道敗壞而引起的怪現象，已成了社會中見怪不怪的事了，這豈能不使人警惕！教育是立國之基本，世界上沒有任何一個國家，教育徹底失敗了，而國家能有前途的。

但要要求教師犧牲個人功利，社會也得要給與教師一種精神上的補償與安慰。教師並非生來是聖人，他也需要社會不斷地鼓勵，使他能擔負起此神聖使命，而在其清苦艱難的生活中，來謀求完成。今天我們的社會風氣，幾乎只看重功利，而輕視了道義。今天我們的教育政策，似乎亦只看重有關能謀利的種種科技，而不重視培養傳統文化中的人文精神。這又如何能來重整師道，要求教師們獨守崗位善盡職責呢？

以前在社會中即使做一鄉村小學教師，生活雖清苦，但在地方上受人尊重，其所受禮遇有時超過當地紳士之上。外子賓四曾說他曾任鄉村小學教師有十年之久，那時的規矩，學校聘請教師照例不先明白提及薪額多少，認爲若以提及薪額來作延聘教師的條件，這就無異於蔑視了教師人格的尊嚴。因此教師應聘與否，亦從不肯先詢問及其所得之薪額。至少在一九二一年以前，賓四在各學校任教時，當時的風氣是如此。當時各地方尊重教師其他方面亦就可想而知了。如此則教師在物質待遇上縱然微薄，但可在精神上獲得補償，絕不會輕意去做令人不齒的事。這一現象，其實在一九四九年前，大陸上還很普遍，即使在一九四九年遷臺之初，臺灣亦尚如此。近年來則因爲工商業突飛猛晉，功利思想瀰漫，社會風氣大變，人人想發財。社會上看人以你收入多寡爲標準，一切行業都只以待遇多寡來衡量。教師亦只成了各行職業中之一行，社會風氣既不尊重師道精神，身爲教師者亦何不可憑其職業爲個人謀利呢？如果教師的職業僅成爲一種謀利的職業，則其他有關教育的一切事業，亦都談不上甚麼理想了。

今天的教育問題固然已見其層出不窮，令人生憂。但任何一問題，都難以孤立解決，不僅教育問題如此，社會問題、政治問題、經濟問題、家庭問題也一樣。凡是有關人生的種種問題，都互相關聯著，不能截然分割孤立，來作單獨的改進。而一切問題主要都在「人」的身上，這其中更重要的則在有一「道德」的共同標準。換言之，即在人的「品格修養」上。今天已經到了我們需要對人生種種問題，如教育問題、社會問題、政治問題、經濟問題、家庭問題等，作一個提綱挈領、通盤考慮的時期了。而在整個問題中，應以如何「重建中國傳統的師道精神」，似乎該是綱領中之綱領了。

學校教育的新舊衝突

今天的世界幾乎處處可以看到「新」「舊」衝突的現象，不論政治、經濟、社會、教育、家庭各方面，小至個人的生活思想，擴而至於夫婦、父母、子女、家庭倫理之間的相處，再擴而至於社會中各個團體以及各個個人之間的種種交往，眞可謂新舊之衝突無處而不存在。中國文化傳統中可說是特別看重教育一項，我們僅舉教育中之學校教育一項來論。

舊式學校教育觀念，主要看重在講堂課業。這一種看重講堂課業的學校教育風氣，大體說來，自民初新式教育開始直至一九四九年遷臺，似乎依然如昔。倘使我們認爲這種看重講堂課業的風氣是一種舊式的，現在教育有了新風氣，看重講堂課業以外的種種活動，於是教育重心在不覺中若有所轉移。這種新風氣的形成，實在只不過是短短十餘年以內的現象，然而這種新風氣雖爲時不久，但卻繼長增高，一天加快一天，遂使教育新舊風氣形成衝突，日益明顯。如舉一實例來說明，最佳之例證莫過於近年來學校教育提倡的運動風氣。

以前學校規定每天下午四、五點上體育課，其目的只在休息遊散性質，求其有益心身健康爲止。以前學校每年也舉行運動會，但那時的風氣，運動會的目的主要僅在提倡運動，並不過份看重比賽的輸贏。今天的學校，學生的運動極重視比賽，更重視在校際的比賽與輸贏。一若運動場上的輸贏，既有如學校與學校間的輸贏，學生參加比賽，則有爲學校爭輸贏的義務與使命。以目前來說，不僅學校內部在作如此之提倡，即全社會也莫不在看重此風氣而大力加之以提倡。從根本上看，運動消息每天有專欄報導，電視臺亦似乎天天有有關體育新聞的專門報導。每個學校每一年除了有校內的各項運動比賽外，又有校際比賽，更有縣市地方的、全省的、全國的，以及分區的運動會。運動會又分綜合性及分類分項的各種比賽。除此之外，又有國際性的各項運動比賽，花樣繁多，不勝枚舉。而學生出國比賽，也算是負有爲國家民族爭光榮，並有爲國民外交盡力之義務與使命。

除了運動比賽外，又有運動會中的大會操，以及每年國家慶典時的遊行表演等種種活動。此外每個學校又有各種社團組織，包括音樂、舞蹈、戲劇、文藝之類，以及郊游旅行等各種活動，名目繁多。一個學校有數十個社團之多。除了這些學校內的各種活動組織外，寒暑假另有政府舉辦的青年活動，每次假期參加的人數多至數十萬人。

倘使由一公立的或私人的報章雜誌，或由政府主管教育的部門，來做一個統計調查。自小學中學至大學，每一學年、每一學校，它的課外活動有多少項目，舉行多少次數，佔去了學生多少時間，耗費了學生多少精力，這必是一可驚的數量。如再進而將學校講堂課業與課外活動的份量作一比較，以及學生對講堂課業的興趣與對課外活動的興趣作一分析，從此分析比較中，我們可以看出今天學校教育的趨向新風氣之一端。教育的理想與教育的意義，我們暫時置而不論。但學校已變成了新風氣，而學生及其家庭乃至全社會，卻抱一種升學的舊觀念，此處不免有新舊衝突。

現在我們的教育政策，提倡學校教育要德、智、體、羣四育並重，又提倡一切現代化，認爲現在的學校教育不能教學生只注重講堂課業，應教學生多參加課外活動，以便將來能適應新式社會的多種需要。僅就理論來講，這兩個觀念似乎都有充分的理由。但我們講教育首先所當顧及的，在受教者本身的心理精神及能力等各方面的適應性。

以今天學校教育之過份重視課外種種活動的措施下，受教的學生是否能德、智、體、羣四育齊頭並進，這實在成了一個疑問。或者可說，今天的教育現象太偏重在體、羣兩育的發展，德育的發展過於欠缺，而智育的發展亦嫌不足。德育應有其特殊的薰陶，不應視體、羣兩育即爲德育，至於智育一項，亦應對其心性有特殊的陶冶。

一個兒童進入學校，接受教師講堂課業的傳授，不是生而俱有的本能。換言之，這不是一種自然生活。絕大多數的兒童，需要經過長時期的訓練。自小學到中學，到大學，一個年輕人懂得把自己的聰明智慧，以及全副精神，集中起來用在一個地方去，這在人生的過程中，需要一番長時期的特殊的訓練，在講堂課業上學生才能專心一志。有的兒童或青年不僅在學校需要教師的訓練，才能使他專心一志，回到了家，更需父母的監督幫助，才能培養他這種專心一志的德性。而這一種德性，卻又是各行各業中，要做一個成功的人所不可或缺的起碼必備的條件。近代教育注重智力測驗，但智力高的學生如缺此專心一志的訓練，其智力的開悟亦有限。智力低的，如能專心一志，其智力仍可上進。荀子曰：「夫驥一日而千里，駑馬十駕，則亦及之矣。」那駑馬便是指智力短淺的人而言。

從前舊式教育風氣，最重要的在教人「收心」。小孩子從小進學校，就要教他能靜心定心，要他能靜心定心了，才能專心一志。現在新教育的風氣，似乎小孩子從小進學校，就要培養他能多方面發展。在兩種新舊不同的教育風氣影響下，效果自然會有不同。在新教育風氣下，可謂要培養學生專心一志的方面太廣太多了，其實即是使學生不專心不一志了。但到他要升學時，又只看重他講堂受業的一面。今天的教育心理學家，尚未研究出一個有效可行的辦法，教那些青少年在精力分散後怎樣來集中心志於書本上。這是今日新舊教學風氣衝突下的一個教學上的大問題，不可輕視了。因爲這個問題，是直接相關於青少年的心身發展，並有自然的限制。

我有一個親戚的孩子，一向在中南部讀書，從小學到初中都是成績優秀的學生，但並不是一個只知死讀書的學生。初中畢業後舉家遷來臺北，轉入臺北一所著名高中，對橄欖球發生了興趣。起初只是好玩，後被學校教練認爲是塊可造之材，吸收入校隊。於是每日有定時的練習，比賽輸贏的榮譽感重重的壓在他的心上。過份的精力透支，影響了他的學業，成績一落千丈，對功課再也無法專心。自己知道升學問題擺在前面，但雖把自己關在屋裏，坐在書桌前面，對著書本，而心卻飄到運動場去。父母焦急，自己也痛苦。最後下決心轉學，才脫離了那個橄欖球隊。但已放的心一時難以收回，高中換了三所學校才畢業，總算混進了一所大學。大學讀了五年，也只能算混一張文憑。直到出國，徹底換了一個新環境，才逐漸找回了他分散的心。

年輕人的心理愛動不愛靜，愛羣不愛獨，易於分散，而難於專一。舊式教育注重教人從難處著手，難的方面教好了，易的不教自會。所以舊風氣看重教靜、教定、教專心。今天的新教育的趨勢卻與舊式的教育大相違背，要教育青少年活動處羣，要教他們把精力分散在各種活動上。但是今天教育上要升學的舊觀念又一時去不掉，這一新舊教育風氣的衝突，形成了今天教育上許多問題不易解決。

最近教育當局所提出的兩項教育改革方案，都與新舊教育風氣的衝突有關。一是要徹底革除補習教育，一是大學要實行嚴格淘汰制。今天的升學考試範圍，都是早經政府嚴格規定的，考高中，試題不出初中課本範圍；考大學，試題不出高中課本範圍。而初三、高三各學校極少進行教學，幾乎全年都在爲學生作升學考試的準備。在此一情勢下，再需另加補習，所補並非要另教新教材，只是補其講堂課業的不足。

考大學是國內升學競爭的最後一關，一旦被取入大學，緊張心情全放鬆。而大學校內校外的種種活動，又復紛至沓來，再要學生專心一志在書本上，豈是易事。我們今天教育新風氣，一面要鼓勵青年人多多參加社會活動，一面又覺得今天的大學生水準太低，要用淘汰制來提高水準。此不又是一新舊風氣的衝突？

今天新舊風氣的衝突已隨處可見，不僅學校教育如此，社會中其他一切也一樣。要知學校與社會是有一貫性的，今天學校中的青少年，就是明天社會中的一員。在學校中青少年沒有培養一種靜心、定心、專心的德性，將來進入了社會，也一樣不能靜心、定心、專心於自己份內的工作。

其實靜與動、定與變、專與分之間，需要相互配合才行。我們不能認爲「動」與「變」與「分」是新的，是進步的，就是好的；認爲太講「靜」與「定」與「專」是舊的，不進步的，就是要不得的。靜應與動配合，定應與變配合，專應與分配合，兩者之間不可或缺，我們暫時不談在此新舊觀念衝突下，教育的是非得失，因爲是非得失一時是很難驟下結論的。但這一新舊風氣的衝突，已是今天一隨處可見的現象，極值得我們加以注意。並且新舊教育風氣的是非得失，也必得從新舊觀念衝突的具體事實中去評判。

我寫此篇閒話方畢，忽有一對來自美國的舊友夫婦，特來舍間探訪。談及美國種種雜事。他們說美國社會前途有種種問題難於逆料。遂舉一事說，數年前他們初移居美國，看到中學生圍毆教師的新聞報導，大爲吃驚。然以爲是偶發事件。最近乃見報上有統計數字發表，一年內中學生打教師有數十百次之多；又有學生搗毀學校器物的統計，價值數字也甚鉅。至於中學生吸毒的人數更是可驚。我想此等事，在美國，是學生的新風氣與學校的舊觀念相衝突始有的現象。而我上面所說的，在中國，則是學校的新風氣與學生的舊觀念相衝突始有的現象。總之，都是新舊衝突的現象。惟新未必全是；舊的未必全非。這裏不僅要擔負教育重任的政府長官，以及學校校長教師們來加以注意，謀求如何斟酌調劑折衷以歸一是。而在家庭中的家長，以及社會各方賢達，縱使不負學校教育之責任，亦當齊心一致來對此問題隨時隨地加以研討，始可使教育前途利多而弊少。因聞友人之言，附此一則。

守舊開新

去年一個親戚的孩子在大專聯考後想利用暑期自修，準備讀一些有關國學方面的書，要我推薦幾本給他。但他說不要介紹有關儒家思想的，至於墨、道、法家的都可以。他的話很引起我的注意。於是從交談中，我了解今天學校許多青年因爲學校教課中引了一些論孟之言，便認爲儒家思想是一套老生常談，早已落伍了，跟不上時代潮流，乃引發不起他們的興趣，至於墨、道、法諸家所言，因他們所知有限，反而覺得新奇有味。

思想是人生的指標，尤其對於在成長中的青年人，影響他的一生更重要，我曾以此問題與外子賓四再三談論，而寫成兩文，一即此文「守舊開新」，旨在說明儒家思想亦是隨時代而有變化的。一是站在青年教育的立場上來比較儒、墨、道、法四家思想的異同，其論待續篇詳之。

中西文化的根源不同，所以文化發展中許多觀念亦不同，一般說來，中國是農業文化，西方是商業文化，這一說法很有道理。中國是以農業社會爲主，農業要看重天時，春耕、夏耘、秋收、冬藏，其中時間的觀念很重要。看重時間觀念，就會顧及到一件事情由前到後的發展及影響，前後互相牽連。如一年四季，沒有春耕就無夏耘，沒有夏耘那來秋收冬藏？

農業一年的收成所得有限，而又一半得靠天。歲收有荒熟，但很少有連荒三年以上，也很少有連續九年以上不荒的。所以古人說，「三年熟而後有一年藏」。農民能收穫三年，可以積蓄起一年的餘糧以應急。如有九年連熟，便可貯備三年糧。所以農業人生時間觀念是很佔重要的。正爲此，中國文化注重在「一體會通」，前後兼顧。

古代西方如希臘，以城市爲中心，是一商業社會。希臘人離家出門經商，他們只看重眼前的利潤收益，賺錢即是賺錢，虧本即是虧本，不需思前顧後，這是商業的特性，貴能隨時隨地而變。所以商業人生重在求變謀利，農業人生重在守成儲蓄，這一基本觀念的不同，影響了東西方人學術思想發展的種種不同。中國人的學術思想特別看重時間觀念，因此亦特別看重歷史的綿延性，中國人的思想絕不只爲當前一個短時期打算。商業人生因爲太看重當前的利益，他們對歷史的綿延性較爲淡薄。所以在中國，史學的發達很早，五千年還是在一個大傳統中，還只是一個中國民族未曾中斷。西方則不同了，希臘結束了來羅馬，羅馬完了，來中古時期，中古時期結束了來現代國家，就因爲他們的文化演進中對時間觀念及歷史的綿延性比較淡薄。因此西方人的學術思想也看重「變」，尤其看重其「各自當前」的變。中國人的學術思想看重「羣體傳統」中的「常」，尤其過於看重時間性的變。傳統中並非沒有變。譬如春耕、夏耘、秋收、冬藏，因爲年年如此，所以是一個常，但耕在春、耘在夏、收在秋、藏在冬，同時亦即是一個變。中國文化特別看重「變中之常」，而西方文化似乎太看重了「常中之變」，這是中西雙方文化的大異同處。

孔子曾說：「殷因於夏禮，所損益可知也。周因於殷禮，所損益可知也。其或繼周者，雖百世可知也。」時代不同，學術思想自不免隨時代而有所變，但變的背後有一個不可變的主流。殷和夏不同，周和殷又不同，一定有所損有所益，但其中有一不變的大傳統，所以孔子說甚至三千年後儘管有所損有所益，此大原則大傳統仍存在仍可循而不變。中國人的學術思想因看重歷史傳統，所以能思前顧後，作久遠的打算。並非沒有變，也非不看重變，但說萬變不離其宗，所看重的在其常然的主流。所以中國歷史上的變是不離其常的變，不易看出，不如西方歷史的變顯而易見。近代的中國人受了西方文化的影響，總認爲中國文化傳統沒有變，認爲中國人永遠守舊，永遠是老樣子，這實在是一誤解。

僅舉儒家思想來說，孔子以後有孟子，後人連稱孔孟；認爲孟子最足以發揚孔子思想。其實自孔子到孟子，時代已經變了，所以孟子講的話有許多與孔子不同。春秋時，齊桓、晉文稱霸諸侯，孔子並不看不起；但到戰國時，孟子顯然看不起諸侯稱霸。所以孟子說：「仲尼之徒無道桓文之事者，是以後世無傳焉，臣未之聞也，無以則王乎。」他要叫梁惠王、齊宣王都來王天下。

又如孔子很看重管仲，曾說「桓公九合諸侯，不以兵車，管仲之力也。如其仁，如其仁。」又說：「管仲相桓公，霸諸侯，一匡天下，民到於今受其賜。微管仲，吾其被髮左衽矣。」但孟子卻說：「子誠齊人也，知管仲晏子而已矣。」孟子看不起管仲，顯然見孟子思想早已繼孔子而變了，但大體上仍是從一個大傳統下來。

孟子以後有荀子，孟荀同繼孔子思想，但孟荀兩家論性，一主性善，一主性惡，顯然是思想相背而大不同。再後有董仲舒、有揚雄、有王通，至唐有韓愈，後來的人說董、揚、王、韓亦都是繼孔子儒家的傳統，其實不僅荀子與孟子不同，董、揚、王、韓亦都各有不同。韓愈似乎根本不看重荀、董、揚、王四人，而自認直接孟子，可見中國人的學術思想雖然尊孔尊儒，有其傳統，但絕非一成不變。因爲思想亦要適應時代而有變。

宋代歐陽修最尊佩韓愈，但是韓愈在唐朝最主闢佛，爲了反對皇帝迎佛骨幾遭殺身之禍，雖幸不死，被貶潮州，也吃盡苦頭。而歐陽修作「本論」，他說不必闢佛，只要我們政治有了辦法，人民自然不去信佛。宋朝的皇帝也已不像唐朝皇帝般信佛，這是因爲時代變了，中國到了歐陽修的時代，佛教在社會上的力量已遠不如韓愈的時代了，所以歐陽修雖然一切都要學韓愈，但不需像韓愈這樣努力的闢佛。時代變，思想顯然也得變了。

宋代出了一個范仲淹，他爲秀才時，就以天下爲己任，他有兩句名言說：「先天下之憂而憂，後天下之樂而樂。」這兩句話不僅開了宋代士大夫的新精神新風氣，並流傳後世，此下的中國人常引此話來激勵青年。但如將范仲淹這兩句話放在孔子的時代則大不相配了，孔子極稱讚顏淵，曾說：「用之則行，捨之則藏，唯我與爾有是乎。」春秋時代，還是封建政體，貴族在政治上有其特殊地位，所以士生於那時，要想行道於天下，須看外面的許多條件，有時不得不採消極態度，不與諸侯卿大夫合作，以退隱來表示守道不違。但這不是一般士人所能做得到的，無怪孔子要特別稱讚顏淵了。到了宋代，社會早無貴族階層，政治上只一皇帝是世襲，但宋代皇帝當時極看重科舉，要重用讀書人，宋代政府極鼓勵一般讀書人出來爲國做事。在宋代，一個讀書人只要中了進士，就可以有所作爲，就有機會讓你參與治國平天下的大任務，所以范仲淹也有用之則行，捨之則藏的一面，他在慶曆變法失敗，政治意見不被人接受後，他也只得退隱了。但他所講的話，卻像伊尹，孟子所謂聖之任者也，要負責任積極的向前，要以天下爲己任。

范仲淹以後不久，又有王安石出來變法。他仍然在政治上失敗了，此下一輩理學家起來，他們的講法就不同了。他們勸讀書人不要太熱衷政治，不要把做官看成是讀書人唯一的出路。與王安石同時的周濂溪，曾說過兩句話：「志伊尹之所志，學顏子之所學。」他說志伊尹之志，固求在政治上積極向前；至於學顏子之學，則全然是一種恬淡的個人修養了。

我們說中國儒家思想與精神，主要是看重在修身、齊家、治國、平天下，上從孔子、孟子一路下來到范仲淹、王安石、周濂溪以至二程以下等人，其實他們都屬這個儒家大傳統，但他們各人所講的話，則跟著時代而各有不同。這一種情形，特別可舉明遺民顧亭林來說明。顧亭林身遭亡國之痛，滿洲人統治了中國，他不出仕了。但做爲一個讀書人，在亡國的環境之下，該怎麼盡責任呢？他說：「有亡國有亡天下，亡國肉食者謀之。」又說：「天下興亡，匹夫有責。」這是說他不能負晚明亡國的責任，但他卻要負中國文化興亡的責任。

顧亭林所謂天下興亡匹夫有責的話，較之范仲淹所說有不同。范仲淹所說是偏重在政治上，像似正面積極的，顧亭林所說偏重在文化上，卻又像似消極反面的，但實是更正面更積極的。這因顧亭林的時代又不同了。國家亡了，他自己不出仕了，也不鼓勵人出仕，那要怎麼樣來復興天下呢？所以他說：「博學於文，行己有恥。」復興天下先要多讀書，從古到今，你應該研究文化的大傳統，去瞭解爲甚麼國家會亡，然後才能懂得怎麼救天下。在你的行爲上則要「行己有恥」，在滿洲人的統治之下，你出來做官，你知恥不知恥。顧亭林所說，與范仲淹、周濂溪、二程等都大不同了，更亦與孔子所說用之則行捨之則藏有不同了。孔子孟子亦都講到恥，孔子說行己有恥，乃都指「私人行爲」言，顧亭林則指「自子臣弟子以至於出入往來辭受取與之間皆有恥之事」，雙方所指廣狹大小顯有不同。孟子說：「知恥近乎勇」。若照顧亭林說，則非大勇又焉能知恥，其含意又大不同了。但顧亭林亦算得是儒家正統人物，同屬儒家正統，但你所講，他所講，各有不同。這因時代變了，講的話亦得變，但同不失其為儒家大傳統。

我們中國讀書人喜歡講「知人論世」，要懂得他所處的時代，才能懂得他所講的話的意義。不懂他的時代、不論其世，又如何來論其人呢！我們不能說顧亭林是創造，也不能說他的學術思想變了，他的思想還是在儒家思想大傳統中，只是他所處的時代不同了，所以他說的話也不同了。因此我們講中國的學術思想，一定要根據中國的歷史背景，忽略了時代背景，自然也很難瞭解從古至今的學者，在不同時代所各有的不同心境，當然更無法瞭解他們所講的話，以及他們的話對此一時代的影響了。

清末中國人要起而革命，一般說來，中國革命是受了西方法國美國的影響。其實，主要還是受了清末國粹學報宣揚明末三大儒顧亭林、王船山、黃梨洲的愛國家愛民族文化思想的影響。還是受中國自己傳統文化的影響而成功的。

近來的中國讀書人，太看重西方文化，而對自己的歷史文化傳統太過忽略了。我們可以說，近年來我們漸漸失去了我們自己文化的大傳統，今天要想中國再能出像范仲淹、顧亭林這類能從舊傳統中開出新精神的領導人物來，是不可能的了。

今天我們的大問題，是如何再能出一個像范仲淹、顧亭林這樣的人物，來領導我們走向新的世界。我們可以肯定的說，如果今天再出一個像范、顧一樣開時代風氣的人物，他所講的話，必定亦與范、顧不同，因爲今天的時代和范、顧的時代又不同了。他將是一種新思想、新學術，然而照中國人的理論，他還是跳不出這一個大傳統。所以，中國人有一句話說「守先待後」，我們要懂得自己以往的，並要守住這些以往的文化思想，以等待後來再有新的人物出來，領導我們走向一新方向，創立一新時代。我們自己不能如范、顧，卻該守范、顧以待後生中有新范、顧之出現。若無先可守，又何後可待？我們今天則只喜講創新，看不起守舊，只知變，而不知常，漫不記以前悠久的中國，亦不顧慮到以後永遠的中國，只在眼前跟著別人背後走，這絕不是中國今天所該走的一條路。

從教育立場看儒墨道法四家思想之異同

我在上一篇樓廊閒話中談到中國儒家思想並非兩千年來一成不變，並且亦曾說明儒家思想同時有「守舊」與「開新」的兩面，這一篇閒話將繼續上一篇未盡之意，來談儒、墨、道、法四家思想的異同，但是僅限於中國傳統教育思想的立場來談。

在上一篇的閒話中，特別提到中國文化注重在「一體會通」這四個字。現在這篇閒話所講中國傳統教育思想，也只注重在「一體會通」這一觀念上來加以發揮，其他方面暫不涉及。

何謂一體會通？我們如以每一個人爲例，人人都有一個生命，個人的生命應是一體的，但在每一個人的生命中都有幾個不同的段落。如一個人的生命可分爲嬰孩期、兒童期、青少年期、成年期、中年期、晚年期幾個不同的時期。但雖是各個時期有不同，而會通起來卻是一個整體的生命。中國傳統教育思想就看重在這會通的整體生命上，而較不太看重整體中的各個時期的分別。

近代西方教育強調教育的分別性，有所謂嬰孩期教育、兒童期教育、青少年期教育等，似乎忽略了人生的整體性。例如在西方教育中，兒童期特別喜用童話來做教材；童話教材的意義應該僅限於兒童期，到了青少年時期已感到童話教材逐漸失掉了它的影響力；至於對成年中年期以下的人來說，童話教材更不適用。

中國人的教育理想是看重一體會通的，因此施於嬰孩期、兒童期、青少年期的教育，待他成年、中年、晚年後還得同樣有意義與價值。例如中國文化傳統最重孝道，人生從嬰孩開始就懂得孝，就應教他孝，到他兒童期、青少年期、成年期，乃至於中年、晚年期，一樣應講孝道。教孝是可從嬰孩直到晚年一體會通，貫徹人生整體的。其他如教悌、教仁等等亦都一樣。凡是施教於幼童的，都應對他的一生有意義與價值。近代我國看重西方教育法的學者們，常要批評中國過去傳統教育缺乏兒童教育，卻不知此實基於中西雙方文化思想上對人生教育的觀念不同。

孟子書中有一段話說：「人少則慕父母，知好色則慕少艾，有妻子則慕妻子，仕則慕君，不得於君則熱中。」孟子也未嘗不知我們人的生命在自然成長的過程中有各種時期的變化，所以說，人在嬰孩及兒童少年期，只懂得愛父母，到了青年期懂得男女戀愛了，到了成年期中年期，懂得愛夫婦同時也懂得愛子女了。這是人類生命一種自然的過程，而我們人的教育文化理想，是應該超乎此自然過程，應從此自然的過程中，來發揮出人性前後一貫的更高標準，也即是注重在人生的一體會通上。人不僅應在嬰孩、兒童、少年期應懂得愛父母，甚至到了青年、中年、成年、晚年期仍然應懂得愛慕父母。孟子說：「大孝終身慕父母，五十而慕者，予以大舜見之矣。」孟子勉勵人人都要學做舜，所以他說：「人皆可以爲堯舜。」這是中國人的人生理想、文化理想，也即是中國傳統教育的重點所在。

中國漢朝的讀書人，人人都得讀一部孝經，讀孝經就是要教人孝。到了宋朝，朱子年幼時讀孝經，即明白其大義，他曾說：「若不如此，便不成人。」但他到了中年晚年學問進步了，他才知孝經並不是孔子當時親口講的一番話，也並非我們人人從青少年起，特別應讀的一部書。所以後來朱子只提倡人人應讀四書，並不提倡人人應讀孝經。但朱子不提倡讀孝經，並非不提倡講孝道。教材可變，而教育理想則不應輕易變。這一點，我們應分辨清楚。

論語載孔子說：「弟子入則孝，出則悌，謹而信，泛愛衆，而親仁。行有餘力，則以學文。」入孝出悌即可從嬰孩兒童期開始，謹信乃至愛衆親仁則應從青少年成年以下。至於文是指語言文字書本知識的教育言，其間更有對自然人生各階段之分別與限制。孔子的這一段話，顯然是教人先行爲、後知識。換言之，行爲更重要於書本知識之上。在自然人生的階段中，如嬰孩期談不到文字書本的知識教育，兒童期也只是極粗淺的一點文字書本知識，到了青少年成年期以後，慢慢地文字書本的知識教育逐漸加多加深了。但文字書本的知識對於人生，第一有年限的分別與限制，第二不是人人都能達到同一標準的。所以就整個人生而言，書本文字知識的教育，並不是我們人生教育唯一的或最高的理想與目標。

孝悌之道，雖亦需書本知識來講明與發揮，但重要的則在行爲上。幼童期只需行此道，待到成年以後加進書本知識的教育，更可講明此道。「行」與「知」乃是一體貫通的。所以孝悌之道，是我們人人自嬰孩兒童期起，直到老年晚年終身可行，並亦是人人應行的。因此儒家用來做我們人生教育最高的目標。正如孟子所講大舜終身知慕父母。中國人這一套教育理想教育宗旨，可以說是儒家傳統的思想，幾千年來沒有變，這主要就在看重人生一體會通的一種教育精神上。

我們如拿儒家注重人生一體會通的這一點教育精神，來與墨、道、法幾家思想做一比較，就可分出他們對人生教育意義的高下與廣狹。墨家可說也有他們一套極高深極偉大的教育理論，但是同儒家的教育理想有很大的不同，也可說墨家是反儒家的。我們在此不討論儒墨兩家整體理論，只從人生教育立場一點上來作比較。墨子講「兼愛」，要「視人之父若其父」，這一點是墨學裏對人生抱有的崇高偉大的理想。但我們就實際的人生來說，至少在人生的嬰兒期、兒童期、少年期是無法教他們墨子的這一套思想。我們怎能教嬰孩兒童或少年都得視人之父若其父呢？這除非將我們現有的家庭制度社會制度徹底改革才行。如西方希臘時柏拉圖的「理想國」，主張兒童公有，也就無所謂父母了。如此說來，墨子所講的一套，如「視人之父若其父」，「摩頂放踵」，「利天下爲之」，「非大禹之道不足以爲墨」等等，有關人生教育的理論，即使我們認爲它比儒家思想更偉大更崇高，至少也要等到人成年以後才能接受。大禹也有他的嬰孩期、兒童期、青少年期，他的人生前半期生命。墨子的門徒也同樣有他們的嬰孩期、兒童期、少年期，他們人生的前一半生命都不可能就講墨子的一套，他們要到了成年以後始能來講墨學的一套。因此，即令墨子的理論是人生一極高極偉大的理想，但從教育的立場上來講，從人生生命的整體來看，他對於人生的前段，自嬰兒至少年這一段重要的生命自然成長期，是有所忽略的。

孟子批評墨子兼愛「是無父也」，莊子批評墨子「反天下之心，天下不堪。」後來的人不能對墨子的思想加以發揮，也不肯照墨子的思想來加以實踐，所以墨子思想到了漢朝以後就不再盛行了。就因爲墨家思想違背中國傳統文化中一體會通的人生觀，違背了看重人生整體的教育理想之故。

其次講到莊老道家思想。道家思想同樣抹殺了人生的前一段時期。以莊子一書來說，莊子內篇，第一篇逍遙遊。試問在一個人成年之前，當他在嬰孩期、幼童期、青少年期，如何教他便來逍遙遊呢？有人說道家的思想比儒家墨家更高，誰高誰低問題我們姑且不論，但是站在人生整體教育立場上來看，至少可以說道家思想抹殺了或看輕了人生的前半段，只從人生成年後的半段來講人生，這是道家思想的大缺陷。

從另一點說，道家不看重知識教育。莊子曾說：「人生也有涯，而知也無涯，以有涯隨無涯，殆已。已而爲知者，殆而已矣。」老子亦曾說：「絕學無憂。」又說：「絕聖棄智，民利百倍。絕仁棄義，民復孝慈。」如此說來，知識教育是在道家莊老思想以外的，道家不主張有知識教育。因此，就我們一體會通的教育思想來說，道家莊老思想不僅忽略人生的前一段教育，並亦忽略了教育整體中有關知識教育的一部份。年輕人在沒有受過人生經驗以前，是很難要他接受莊老思想。所以道家思想再高再深，最低限度也得要人到成年中年以後，才能接受。

再者，道家莊老思想看重自然。以人生整個過程來說，自嬰孩出生，經兒童到青少年這一段，是人生自然過程中最佔重要的成長期。老子說：「能嬰兒乎！」是要把人生的後半段倒轉來學他的前半段，更重要的是要教人學做嬰兒。似乎是他很看重了自然。但嬰兒必自然要成長爲成人，這裏就見莊老道家思想的矛盾處。

至於對人類文化的進步言，更是莊老思想所輕視的了。道家主張人應回復太古，人生的太古期即是每個人的嬰孩期。要人回復太古的道家思想。即是要我們人到中年晚年全來學嬰兒。如此，莊老思想又像全看輕了人生的中晚年期。他們不主張人生有文化，自然亦不主張人生要教育。因此，莊老道家思想仍還忽略了人生一體會通的大原則。

至於法家思想則更是有所偏了，太史公史記說申韓本於黃老。我們從道法兩家忽略人生整體而只講人生之部份，換言之，從道法兩家同爲違背人生一體會通的大原則言，這一說法是對的。法家思想亦非要人到中年以後不能講，青年以前人生的前半期是很難施以一種法家教育的。歷史上最出名法家教育的例證，莫過於秦始皇命趙高教皇子胡亥的故事。漢書賈誼傳云：「趙高傅胡亥而教之獄，所習者非斬劓人，則夷人之三族也。故胡亥今日即位，而明日射人。」秦皇子胡亥從小所受教育，所有知識，就是有關人犯甚麼罪應割去鼻子，犯甚麼罪應刖去雙足，犯甚麼罪應殺頭，犯甚麼罪應滅族之類。僅此之類的知識，如何來講修身齊家，及如何講治國平天下的大道呢？

儒、墨、道、法四家，以儒家爲最先起，墨、道、法皆後起。墨、道、法各家雖各自發揮有一番更新更高的理論，但在教育的立場來說，他們三家並沒有顧及到整體的人生過程。換言之，他們忽略了我們傳統文化思想中所看重的，自小至老，一番整體人生的教育與理想。而這一番整體人生的教育理想，只有儒家思想是顧到的。所以中國自漢朝以後，幾乎是全國一致崇奉儒家思想，這一個傳統，直到今天兩千年來未曾中斷。我們亦可以說，這是漢朝以後中國人的聰明，爲人生選擇到了一條正確的路，其重點就在教育上。

所謂「一體會通」，可以從兩方面講，上面所講是就人生個別的個人生命言，下面再就人類的羣體生命言。人與人之間也應是一體會通的。人人處在同一社會，同一國家，同一天地，也應可互相會通。如家庭，家庭應是一體的。如國家，國家應是一體的。社會民族，都應該是一體的。擴而言之，天下亦應是一體的。這中間固然有種種分別，但就人類文化的進展過程言，我們不能否認家庭、社會、國家乃至於天下，各有其一體會通的一面。而且我們必得要看重發揚這一體會通的一面，人生才有光明前途。我們以家庭來說，家庭之中有父母，有子女，父母子女是有分別的。今天的新思潮，第一要強調父母子女之間的代溝，第二要強調夫婦之間的平等對立，於是加強了人與人之間的分別性。但是我們無法否認，必得夫婦婚配乃至生男育女，始合成爲一個家庭。我們亦不能否認，家庭應有其整體性。儒家思想講父慈子孝、兄友弟恭，就是要在人與人的分別性中，強調其一體會通的「融洽性」。儒家所謂「弟子入則孝，出則悌，泛愛衆，而親仁。」這一種人生教育的理想，是從個人自嬰孩直到晚年，從個人的一體會通，直貫徹到社會羣體的一體會通，消解了人與人之間的分別性與對立性，而完成了家庭、社會、國家、民族的一體融和。這亦是儒家所特別看重的傳統思想。

墨家思想要視人之父若其父，要摩頂放踵利天下而爲之，就人類羣體的生命言，墨家思想似乎也是看重在人與人之間的一體會通上。但我們前面已講過，墨家思想對於個人生命過程的一體會通有所偏失，有違人性，因此抹殺了個性來言羣體，不免要如莊子所譏「反天下之心，天下不堪」，則羣體生命已失卻了其根基所在。至於道家，本不看重家庭、社會、國家、羣體的組成，故曰：「魚相忘於江湖」。有自然，無文化。而法家則重法而輕情，更是加強了人與人相處的分別性。因此，就羣體生命言，道家、法家更不加以重視，更難與儒家思想相提並論。

自漢以後，中國傳統思想只重儒道兩家，以儒家爲正面，道家爲反面。因儒家所言是人羣的生理，而道家所言則偏重在人羣的病理。人人不能有生無病，生與病雖同若一體之兩面，但病理終是人生之反面。故教育思想單獨尊儒家爲宗旨，至於墨翟韓非則皆不受重視。現代的中國人，以墨家有些處近似耶教，而又以申韓法家言勉強附會於西方的法治精神，才又重新提出墨翟、韓非來，此則不能不說是近代國人之欠聰明處。

談科技教育

上一篇樓廊閒話「從教育立場看儒墨道法四家思想之異同」猶有未盡之意，遂又繼寫此篇。

上篇閒話曾說到儒家教育思想看重整體的人生教育，即是指注重在人生教育的一體會通上，這一個傳統教育的觀念，在今天似乎被認爲是落伍了。今天的社會，強調一切要「現代化」，在教育方面，則強調要注重科技的發展，以及職業教育的專業化。處在今天所謂知識爆發、競爭激烈的時代，我們不得不承認科技知識在今天教育上所佔的重要地位，然而我們亦不得不承認，科技知識並不能包括整個教育。所謂科技，只是屬於知識範圍之內的。而在整個知識範圍中，科技也僅屬一部份而已。孔子所謂「行有餘力，則以學文」。「文」屬知識，知識又有對人、對事、對物的種種分別。在儒家思想中，知識不是教育的總體，而科技更非是知識的總體。這一個基本的概念，是我們應首先認識的。

有人批評中國的傳統教育忽略了科技，不看重職業的專業化，這實是對傳統教育的誤解。孔子以六藝教。禮、樂、射、御、書、數六藝，就是一種技術。墨子有驚人的絕藝，在墨子書中留有許多科技思想在內，今天所謂光學力學種種新科學知識，在墨子書裏也曾提到。至於道家莊老思想講自然主義，自然主義很容易走上科學技術的路上去，所以中國到後來很多科學技術的研究發展，都與道家思想有關係。

中國科技知識起源很早，爲農、爲圃，以漁、以獵，莫不需要一種科技。尤其如天文、曆算、水利工程、房屋建築、醫藥、針灸、管弦、歌唱等，在中國古代莫不有傑出的人才。後代如指南針、印刷術及火藥三種大發明，亦皆由中國開始，可見中國人對科技知識並未忽略。但在一般基本普通教育而言，則另有目標，而科技知識僅佔次要。至於近代中國科技遠落西方之後，這一事實不容否認，但只是近一兩百年之事。這因中國傳統文化觀念看重教育的共同性，更重於分別性，做人更重於做事。做人是共同的，做事則是分別的，需先做好人，才能做好事。故中國人看重人物，尤重於看重事業。

從科技知識發展出職業，或稱「行業」，職業行業又與事業有不同。從事於農的屬農業，從事於工的屬工業，而工業之中的分別，在科技發達的今天，種類之多，眞是五花八門，不勝枚舉。因此，今天社會中的職業，也是五花八門種類繁多，分成各種不同的專業。至於事業，則如政治教育等皆屬之，其共同性更勝於分別性。

中國古代有所謂「疇人」之學，就是指各種專門性的科技而言，如天文、律法、陶匠、鐵匠、銅匠等等一切有關科學技術方面的專業。在中國古代，大體都是父傳子，子傳孫，代代相傳的家庭職業。中國人並非不看重科技，亦非不重視職業，但在傳統的文化觀念中，則認爲科技職業是注重在各體「分別性」，所以不認爲科技職業的教育是教育中的重點。中國傳統文化看重教育的「共同性」，近代的中國人遂誤認爲中國自古不重視科技。直到近年來，英人李約瑟寫中國科學史一書，舉出一條條具體的事實，以證明中國科學發展很早，並且很普遍，各方面的發展都有，更有許多科技知識遠在西方人之上，這纔得到中國人自己普遍的承認。說來這實在是很可悲傷的事。

中國傳統文化思想中，認爲教育是應可教導每一個人的，同時又注重在每個人的全部人生過程，所以中國傳統教育特別注重人生自嬰孩至青少年期前半段成長的過程。換言之，「看重教育的共同性」。至於職業，則是人成長後跑進社會才參與的。職業有各種專業的不同，既然分成了各種專業，不得不分工易事。陶匠是陶匠，銅匠是銅匠，鐵匠是鐵匠，農是農，工是工，職業的專業化其中的科技知識可以互不相通，你專門這一方面，我專門另一方面，我不懂你所研究的，你不懂我所研究的，各自在不同的知識領域內去發展，可以互不相涉。我們如過份的看重科技，是加強了人類的分別性，加深了人與人的隔離。今天的教育發展，已很明顯的走上隔離分別之途，此不僅在理工等科如此，甚至人文學科中，文學、史學、哲學也早已走上了強調分別性專門化之路。這在大專高層教育，或可說有其必要，我們姑且不論。

教育應有高下階層的分別，在不同的階層其教育方針及教育措施也不盡相同。今天我們的社會有許多人過份看重經濟成長，積極推動工商業發展，認爲整個國家民族的前途，只建立在經濟發展上，政治以經濟掛帥，於是遂認爲整個社會人生一切，必須與經濟建設相配合，始爲正途。在此一觀念中，遂強調當前教育必須提高科技在學校教育中的地位。更有人喊出科技知識應從國民教育紮根的呼聲，並提出國民教育應與工商業配合，加強職業訓練的教育政策。科學家只從科學的觀點提出教育改革的意見，負責經濟建設的政府官員，只從如何增長經濟建設的觀點提出教育改革的意見，我們的教育將失去了其本身的意義與立場，何去何從，迷失了正確的方向。他們忽略了教育的對象是「人」，人是具有「共同性」，但人又是活的，不是可任由塑造而永不改變的。

今天科學的發達已到了極端快速的地步，而工業分門別類的細密也難以敘述。今天整個世界的經濟發展並無一固定的形態與方向。工商業需要的變化很快，所謂人力結構需與經濟結構配合，這實在也只是一句浮而不實的話。以臺灣來說，所有工商業的發展是以出口貿易的需要爲轉移，這幾年也許臺灣電子工業出口貿易利潤高，需要大批電子技術人力，過幾年也許電子工業衰退了，又有另一種工業取而代之，則所需的是另一種專業人力。如果我們的教育強調職業專業訓練，只有一個目標，只爲配合當前的經濟發展和建設，認爲教育應隨經濟結構而機動改變學制，則學校教育僅爲追隨社會職業之後，三年一小變，五年一大變，並無教育理想與教育大計可言。同時也全然漠視了受教者個人的生命意義。這一種只求急功近利的教育政策，實大有商榷的必要。

中國傳統文化觀念，在認爲人類教育當以人文社會中的共同生活爲主。換句話說，是看重在「做人」的道理上。基礎既立，而後才及於科技知識的傳授。陶匠、鐵匠、泥水匠、原子工人、電子工人、機械工人、農人、商人等等，凡是社會中所需要的一行業都是重要的，也都是人生社會中所不可或缺的。但在他做陶匠、鐵匠、泥水匠、農人、工人等各種職業之背後，他還得做一個人，還得處家庭、處人羣與社會。職業只是人生中之一項，並不是人生的全體。中國傳統教育所重視的修身齊家這一面，則是共同性的，而不是職業性的。這是看重在教育的一體會通上，並不是看重在各體的分別性上。這是我們必該深切體會的。

以國民教育來說，其教育主要目的應在教人如何做人。換句話說，國民教育重要的不在知識傳授，也不在職業訓練，而應在德性方面最先的基本陶冶。此一方面主要在對人，如居家則對父母、祖父母、兄弟姊妹。在校則對師長，對同學，依次而及於親屬鄰里。而科技知識只是對物的。教育應先從教其對人，即德性方面。然後再及於對事、對物，即屬於知識方面。而事又應在物之前。近人太過提倡科技教育，則對物爲先，對事次之，而對人則輪不到。遂至於科技越發展，人事越糾紛。今天世界人類病痛其因在此。即就我們的當前而言，也不能不說物質方面是進步了，但並非人文方面全在進步。專就人對人而言，不僅可說無進步，並亦可說有退步。此正是我們當前一值得警惕之事。

以今天教育的發達，受高等教育的人日益增多，大專學生畢業找不到出路，已經形成了嚴重的社會問題。今天的教育問題在如何疏導社會人心，不要都向升學的路上擠。這也就是要鼓勵受完國民教育的少年，改受職業教育，或投入社會參加生產行列。據報載政府有關機關曾對國民中學學生就業實況做過調查，他們工作的流動性大，工作態度不理想，更有的不肯安於工作、游手好閒，因而制造許多社會問題。政府主管機關的官員們建議提高工資、增加福利、改善工作環境的設備等，專從功利條件的立場來求改善，期能牢籠住工人。這其實僅是一治標法，非治本之策。

前些時曾聽一朋友對國民教育的得失批評說，我們國民教育培養出的青少年，只要能做到「誠實」兩字，就是偉大的成功。她的丈夫是政府一高級官員，現負責一大生產機構。她自然是有感而發。又一次我去菜市場買麵筋，嫌它大小不齊形狀怪異，賣菜的小販將一大袋麵筋倒出任我選，他對我訴苦說請人難，並說以前做學徒的，都是小學畢業生，你教他怎樣做，他就怎樣做，製出物品可維持一定水準。自從國民中學普及了，小學生難找，國民中學生多不肯接受管教，多說他幾句，有的還亮出刀子來，沒辦法，只能馬馬虎虎。

我遷居臺灣已十一年，自己也深切體會到社會人心的改變。初來的幾年，新建的房子常需找水電工，泥水工等來修理，那時的工人工作態度都很負責。近年來，不僅工作小的不肯來，就是肯來工作，也總令人不愉快；有的弄得滿地垃圾不顧而去，有的工作馬虎，修好不到兩天又壞了；有的把該修的修了，而把四周的白牆印下黑手印等等輕率不負責的情況，不勝枚舉。我家居郊區，房屋較大，幷有大院子，時有需修理的工作，爲此傷透腦筋。能自己動手則自己動手，否則儘量拖，等積了多項工作，不得已再找人來修理。

從前舊社會各行各業都是學徒制，學手藝，同時就得學習工作態度。今天我們認爲這一切舊的制度都不好，以新式教育取代了舊學徒制，時代趨勢如此，無可厚非。但總不能認爲誠實負責的工作態度，也是屬於舊社會的產物，亦應一併取消。今天我們對科技有了知識，但對工作態度不認眞，即是知「對物」而不知「對事」，更不論「對人」，毛病便出在這裏。教育本身，應有基本獨立的意義與價値。教育應首先注重培養整個人生，然後才可談到科技職業。以今天社會所提倡的教育應配合工商業發展來說：一個國民中學畢業生要成一原子電子紡織等任何一專業工人，所需的技術訓練是很簡單的，有兩三月，或四、五月的訓練足可應用。但要在德性品格上，培養其成爲社會上一誠實負責安分守位的人，則恐九年國民教育再完備，也僅能期求培養其一些基本的條件而已。如果我們將本末倒置，學校教育只重專門技能訓練，而忽略爲人處世的培養，如此般造就出的青少年，將來投入社會，對工商業發展的貢獻，恐遠不能與他們所造成的社會問題的嚴重性相比。即以專門職業學校的教育來說，亦應以基本做人的工作態度之培養爲主。因爲科技知識日新月異，學校教育僅能加強科技基本知識的講授，至於他們將來實際工作的專業知識，則必需從實際的工作中不斷求進步，才能跟上時代的改變。

近年來，常見報上社會新聞有青少年行竊搶劫殺人等種種不良事件的發生，任何一項犯罪事件多少都需要些科技知識。前不久，報載臺北汀州街發生陳姓夫婦投自製土炸彈將五名警員炸傷，其中兩人已成殘廢。據報導，知此一對夫婦也僅是中小學程度。陳某經常製造類似炸彈的危險品試爆，住宅形同軍械庫，設備也似堡壘。陳姓夫婦不僅與鄰居相處不友善，更與雙方父兄弟姊妹都不能和睦相處。在今天電視傳播普及書籍泛濫的時代，淺顯的科技知識，有心人很容易自己學到，如果學校教育再不對人的德性品格陶冶上加以注重，則科技知識的傳授與經濟財富的過份重視，實足以造成人類社會更大的災害。然此，正乃今天世界大趨勢所在，言之可慨。

談人才教育

最近我曾連續寫了三篇樓廊閒話，皆一氣相承，談教育應注重在「一體會通」上。但仍有未盡之意，此篇繼續前三篇，再談人才教育。

一般說來，我們所謂的人才應分兩方面講，一方面是專門人才，即所謂的「專家」。一方面是指通才達識的人，即所謂的「通才」。依照中國傳統觀念，稱人才多偏重指通才言。誠然科技專家也是人才，但若社會過份偏重科技專家的培養，人人各專一門，各自在一自我專擅的知識領域中鑽研，不僅彼此所知互不相通，甚至相聚也無可與言。而今天科技人才之專，甚至同屬某一範圍之內，而彼此之間仍各自有所專，可以互不相通。影響所及，今日人文學科亦向同一趨向發展。以教育爲例，我是兒童教育專家，你是特殊教育專家，他是心理教育專家，他是教育行政專家，他是中等教育專家等等，分科分目之細，愈來愈盛。同是研究教育，而在教育的領域中，彼此不能相通。這一現象，實是今日社會一大問題。就在人與人不能相通相談的情況下，逐漸產生出我們所無法預料的種種新問題來。而今天世界各國此一弊病，已經可見。如何來挽救，是我們今天教育所應注意的新問題。

我在上一篇談科技教育一文裏，曾經講到中國人向來未嘗不看重科技知識與職業專業化，然而中國教育所重，卻在另一方面，即所謂「通才」教育。今天我們教育最大的毛病，就是在太看輕了通才教育。這一篇閒話，當從此一觀點再來略作討論。

古人說：「十年樹木，百年樹人。」樹人就是指栽培人才言。譬如一個園子，園裏雜草叢生，這根本不需培植。但如要栽培花卉，則至少需兩三月，乃至一兩年，始有可觀。但如要種植樹木，要待樹能長得像個樣子，至少要十年時期，所以說十年樹木。而人與樹不同，如以自然現象來講，動物中只有人類嬰孩期最長，從嬰孩出生到成人，至少要十八年至二十年。但如要將他栽培成爲一個「人才」，則二十年還不夠。或許我們認爲栽培一個專家三十年至五十年儘夠了，而栽培一個通才呢？三十年五十年亦儘夠了。爲甚麼定要說百年樹人呢？中國人說三十年爲一世，三世只是九十年，百年已超過了三世之久。西方人講百年是一世紀。人生不滿百，可知百年樹人，這句話裏，實在含有一很深的意義在內。今天「十年樹木，百年樹人」，這兩句話，我們人人會講，但這兩句話中間的意義，我們實在沒有細細去推尋它。

我們試把歷史上人物舉例來講。孔子是中國最偉大的教育家，孔門七十二弟子，論語上有姓名可考者，約三四十人，其中成了人才，有大器者，約二十左右，如顏淵、閔子騫、子路、子貢、曾子、子夏，他們都不是科技專家，皆可稱爲是通才。他們跟隨孔子不過一二十年，二三十年，那麼孔子豈不當身只需一二十年，二三十年就造成許多人才，爲甚麼說百年樹人呢！可見此話其中另有一意義在。

我們通常所謂的「人才」，並非僅指此人有某一本領與才幹言，必得此人的一番本領與才幹能爲世用。社會能用他，他能將自己的本領才幹貢獻給社會人羣，才稱爲人才。可見我們講人才的「才」字，不是指個別的個人講，一定要連同人才相關的羣體言。人的德行亦一樣，如講孝，孝一定要對父母講，不對父母怎麼叫孝。如講忠，要對著國家民族，對著政府，對着社會人羣，才成立這個忠，單獨自己一個人是不足表達出忠來的。如此說來，中國文化傳統中所講道德的規範，如忠、恕、孝、悌、仁、義、禮、智等，都不是指個別的個人言，一定要連著相關的對方及羣體才能完成的。中國人講人才亦一樣，必能爲世所用，方稱才。

科技專家他們的本領才幹，不是也能拿出來爲社會人羣政府國家所用的嗎？爲甚麼要講人才應看重通才的培養呢？我們上面已經講過，科技人才的用，因其互不相通，時間久了，只有各行各業的專家，其弊雖顯，救治卻不易。

中國傳統教育觀念所以特別看重通才，因他不僅對今天當前的社會有用，還要對明天未來的社會一樣有用。不僅在這方面有用，對那方面亦有用，可行之四海而皆通，置之百世而無疑。這才是中國傳統教育所認爲「人才」兩字最高的含義所在。

我們前舉孔子，孔子畢生欲行道於世，但孔子在當時並不見用。孔子曾說：「苟有用我者，期月而已可也。三年有成。」孔子又說：「道之不行，我知之矣。」當時的社會不懂孔子，也不能用孔子，所以孔子說：「人不知而不慍，不亦君子乎。」孔子的學生如顏淵、閔子騫、子路、曾子、子夏等，在當時亦不見大用，但我們不能不承認曾子、子夏等都是大人才。曾子、子夏在當時雖受君侯所看重，卻並未眞見用。孔子以後約百年，社會變了，這時期的人物論才遠不能與曾子、子夏比，然而卻見大用，如李克、吳起等。人才要有了大用，才得見其爲人才，不爲社會所知所用，眞人才也被冷落了，乃至被埋沒了，這豈不是可惜嗎？然而要求人才眞能爲世用，卻不是一簡單的事，首先得認識他，知道他，然後才能用他。

我們舉此而言，可見人才兩字的背後還有「風氣」二字。社會要形成了某種風氣，人才方能見用。風氣沒有到，人才也不易出。孔子在當時講來，也只能算是一被冷落被埋沒的人才，一百年後，他本人雖死了，社會風氣卻轉變了，他所說的一套道理才見大用。此下兩千五百餘年來，歷史上不斷有批評他懷疑他的人起來，社會風氣亦不斷起變化，孔子隨時代風氣之轉移，不斷被埋沒被冷落，但每次如雲開日朗，孔子之道終能仍爲世用。而將來只要中國文化能綿延不斷，孔子之道永不會中斷。可見我們講人才，不僅能爲當時之用，更要能爲後世之用纔是大人才。一個眞人才，能開風氣之先的人，在當時或許會不被人知，不爲社會所用，會被冷落被埋沒了。但等社會風氣一變，雖在百年二百年，甚至五百年一千年之後，他的道仍可被世所用。歷史上開風氣之先的人物，代不乏人。我們從這一個道理上，可以更深一層瞭解到，通才達識的人才培養之重要性。

就拿現代社會來說，孫中山先生就是一個例子。孫中山先生可說是中國現代史上一大人才，但他雖一手開創了中華民國，我們仍可說中山先生在當時是未盡其用，若使中山先生已盡其用，則中國應不會有今天。中山先生自己說：「知難行易。」究竟在當時乃至於目前，眞懂得中山先生的又有幾人？中山先生所說知難行易四字，實在有它顚撲不破的眞理。我們要講人才教育，在目前也可說只有眞懂得中山先生的人，才算得一人才。一切科技人才，當盡歸眞懂得中山先生的人來用。但這一懂得的人，一定是通才，絕不會只是一專家。

今天的所謂「黨義」教育，卻把黨義亦看成像是一種專家知識。而黨義的專門化，比較其他科技知識的專門化反而更覺得容易了一些，如此那能眞的發揮出中山先生三民主義的眞意義來呢？因爲中山先生的三民主義，非具通才達識，便不得窺其門而入。從一九一二年到今天，只六十餘年未到七十年，若眞要從三民主義中培養出新人才，從此後再三十年亦不爲久。那豈不是百年樹人當前一最具體的例證嗎？

今天我們提倡科技知識的學者專家們，主張科技知識可以從國民教育即開始，此所謂向下紮根。但要講中山先生三民主義的一番大道，卻並不能向下紮根，不能從國民教育即開始。若使我們從國民教育一開始即要來講中山先生的三民主義，就是直接違反了中山先生所說的「知難行易」那一句話了。若使我們眞要把中山先生的三民主義向下紮根，便需先提倡一種通才教育，講孔孟，講漢唐，講中國歷史文化傳統，讓一般青年先具備了這一番的知識作基礎，到了大學文學院法學院中，再擇其優秀者，讓他們再來研究中山先生的三民主義，才始是一條正途。而所謂黨義，才不會僅是一句口號而已。

但到眞有這一批人才出現，他們眞懂得了中山先生三民主義的大意微言了，他們才能瞭解到中山先生所說知難行易這一番的大道理，這一番眞意之所在。所以，眞要講三民主義，只有先提倡通才教育，通才教育可以向下紮根。說到這裏，便又要回到我上一篇閒話所說，通才教育是第一層，而專家教育只是第二層。

北宋胡安定的蘇湖教育法，分「經義」「治事」兩齋，經義齋便是今天所謂的通才教育，治事齋則是今天所謂的專家教育。但不能只有治事齋沒有經義齋，這即是說沒有了通才教育，便亦沒有了專家教育。所以專家教育又必以通才教育爲基礎，這是中國傳統教育的主要精義所在。就今天的教育情況來說，便即是不能沒有了大學的文理學院，而只有其他法、醫、工、商各專門的學院。並且亦可說不能沒有了文學院，只有理學院。換言之，今天我們的大學教育，不應只看重理學院不看重文學院，亦可說不應只看重法醫工商學院而不看重文理學院。再就今天我們的大學情況說，文學院女生佔絕大多數，這難道只有女性才能接受通才教育嗎？

在自然科學方面可以培養專家，在政治，在教育，在文化方面，則必需培養通才。這一意義，在我們今天的社會風氣而言，豈不亦成爲一番「知難」了嗎？但從我們眞實要行的一方面來說，其實也不難。定下一個制度，要知，知是難的。遵守一個制度，是行，行是易的。今天我們要人遵守一個制度並不難，要人創建一項制度卻甚難。中國古人正爲認識了此一難，所以說百年樹人，所以才把眼前的功利觀念，實用觀點，反而放在後面看輕了，這是中國傳統文化的博厚高深處。

中山先生三民主義乃直接從這一個博厚高深之文化傳統的深處來建立，而我們當前的國人又定要把中山先生的三民主義和西方人的民主政治來作比附相通的說法。則試問中山先生的三民主義爲何不直接從華盛頓林肯說起，而偏要從堯、舜、禹、湯、文、武、周公、孔子說起，這豈不是中山先生故作一番欺人之談了嗎？但今天我們講主義的，無人不能談華盛頓林肯，卻很少能從肯從堯、舜、禹、湯、文、武、周公、孔子談起，這豈不成了向外紮根？我們由此可說科技教育可以向外扎根，而人才教育則需向內紮根，向自己的本身內部扎根，而且還需向上紮根，即是向知難上紮根，不是向行易上紮根。這是人才教育與科技教育的大不同處。

其實當前中國的社會風氣，乃從民初的「新文化運動」來，並不從中山先生的三民主義的路上來，這是兩條顯然不同的路。直要到蔣公提出「復興文化」的口號，才是從中山先生三民主義直接向上必然應有的一條路。但我們國人依然把「民主與科學」來講復興文化，其實這裏還有一個大分別，我們應從復興文化的大前提來講民主與科學，不能認取西方的民主與科學便以爲是復興文化。這兩個觀念大不同，這豈不還是民初「新文化運動德先生賽先生」的一番議論嗎？

可見移風易俗是一條很難的路，但講國家的教育理想與教育精神，眞貴移風易俗。風俗變，而後人才興。所以人才教育是一件百年大計，然未可輕易知道的。曾國藩的原才篇，文章裏說：「風俗之厚薄奚自乎，自於一二人之心之所嚮而已。」他論人才本源於風俗，他論風俗又本之於一二人之心之所嚮，這些也都是知難方面的事。但此一二人之心之所嚮，像現代的中山先生以及蔣公，此即是所謂一二人之心之所嚮。要把此一二人之心之所嚮來轉移風氣，其間仍有一番作爲，一段距離，這即是上面所引百年樹人的眞意所在了。

良心與法律

中國人一向喜歡講良心，良心藏在各人心裏，你有你的良心，我有我的良心，誰也不知誰的心，誰也無法拘束誰的心。這樣說來，「良心」兩字，似乎是一虛而不實、一無把握的名詞。太講良心，似乎使人變得太個人，太自信，太無拘束、無制裁了。

近代中國人喜講現代化，現代化看重法律。法律是共同的，是公開的，似乎是一有共同標準的。你這樣做是犯法，那樣做是不犯法，根據法律誰也不能抵賴，誰也不能逃避。法律對人可有一拘束制裁的力量，比較起不實無憑的良心兩字，似乎有把握得多，並且有具體的法規可憑藉。

良心是自由的，法律是不自由的，這是很顯然，而人人都知道的事。可是今天我們講現代化，一面表彰法律，一面又要人積極爭取自由。其實這是一體之兩面，太看重法律，自然想要爭取自由；太看重自由，自然想要高抬法律。我們照現代化的說法，「法律之外人人自由」，這句話大家認為很對。法律得見之文字，人人都該遵守，但是法律的條文是刻板的，是有限的，而人生卻是複雜多變化的，是無限的。以有限的法律條文來規定無限的人生，而主張大家在法律之外可享有無限自由，豈不是反而增添了人與人之間許多衝突鬥爭嗎？

西方人講自由有一限度，說：你的自由要不侵犯到別人的自由，別人可以根據法律來保護他的自由，於是與你發生衝突，由法律來解決。如此說來，法律究竟是保障自由的呢？還是來平息鬥爭的呢？這兩面是很難分辨的。但要你的自由不侵犯到別人的自由，此事卻並不簡單；因爲你的自由你懂得，可是別人的自由你卻不一定懂，於是紛爭不已。

在自由的世界裏，個人有信仰的自由，你信仰共產主義，這是你個人的事，你可自由信仰。自由世界又提出一口號說「民族自決」。你的國家要行共產，這也是你們的自由。但在共產世界裏，是講世界主義的，我信仰共產主義，你也得信仰共產主義。我們的國家行共產制，同樣得使你們的國家也行共產制。今天世界的大問題就在此。你許他自由，他不許你自由。國際之間的衝突應如何解決呢？照理說，今天我們有聯合國的組織，可以制定國際公法，以全世界各國的共同力量來制裁侵犯別國自由的不法國家。不幸聯合國成立三十餘年，並未能得到世界各國共同的尊重與信仰，欲以法律來約束強權國家的侵略，只成一幻想。世界的情勢將來會怎樣？現在沒有人能預料。

除了法律，約束人生的還有宗教，宗教講信仰，西方世界認爲個人有宗教信仰的自由，你信仰耶穌教，他信仰回教，我信仰佛教。耶穌教又有新舊教之分，而西方歷史上對新舊教的衝突鬥爭有詳細的記載，我們不用詳述。今天中東國家的危機，仍然是包含有一個宗教衝突的問題在內。可見宗教信仰的自由，相互間依然有衝突。

中國人講良心。古人說：「心之所同然。」心與心是相同的，故可以相通。這相同相通之心，就是人的良心。良心與良心之間是沒有衝突的。

良心與信仰不同，信仰是外在的，你信耶穌，我信穆罕默德。耶穌教有聖經，回教有可蘭經，聖經與可蘭經即為人信仰的憑藉。而良心是內在的，各人憑各人的良心，不需以任何經典為憑藉，可以絕對自由，又可絕對不相衝突，這是中國古人對人生的最高理想境界。所以，中國文化自古以來也向這條路發展。中國人因為看重良心，所以不需仰賴宗教，亦不需依仗法律。法律有限，宗教亦有限，而良心則可無限。

以法律、宗教、良心三者相比較。法律與宗教是外在的，公開的，有憑有據的。而良心則各憑己心。良心好像最無把握最無憑據的。但古人說：「人同此心，心同此理。」可見良心不僅專在你心，同時亦同在別人的心。別人說你無良心，你該無可爭辯。又可見良心不僅是最自由的，卻又是最可把握，最有憑藉的。這是中國人舊文化傳統的想法。

今天的社會，不看重講良心，只看重講法律。上文已講過，法律的條文有限，包含不儘我們複雜的人生大範圍。舉個例來說，如殺人。法律禁止殺人，但中國人在殺人中間，特提出殺父母與普通殺人罪不同，這從甚麼地方來分別呢？我們只能說是從人的良心上來分別。今天的法律是要共同性的，殺父母與殺人在同一法律之下。這可以說：中國傳統文化觀念與今天現代化的觀念之間，在此有大問題存在。

中國傳統觀念看人生的意義與價值是偏向內的，所謂向內主要是各憑良心。人生最大的主要意義與價值，就是要不違背他的良心。今天我們走上工商業的社會，我們的人生意義與價值轉向外求。大家講財富，窮人要變富人，小富人要變大富人，大富人要變更大的富人，我們要無限向前的追求財富。富的標準是外在的，具體的，人人可以知道的。你有一百萬，他有一千萬，他有一萬萬。你是小富翁，他是大富翁。這是顯然可知，人人可目睹的。在工商業的社會裏，這一嚮往變成了現代人生一共同目標。似乎只有財富不斷的增加，才是你人生的進步。

講良心是無所謂進步的，你活到八十、九十，你的良心還是你嬰孩時從自然帶來的這個良心，古人說「不失其赤子之心」者也。你名滿天下，富可敵國，但你仍應不違你的良心，即是不違背你的赤子之心。良心不講進步，只要我們安分守己。但安分守己並非是不許你增加財富，你可以一分錢變十分、百分，變一萬、十萬、百萬、千萬。一個窮人可以變大富翁；一個老百姓，可以變大總統，大權在握，做政治上最高的領袖。這些富呀！貴呀！你都可擁有，但應在不違背你良心的條件下獲得才可。而在中國人的觀念上說，良心是可以自我滿足的，不需向身外的條件上去追求滿足。

孔子曾說：「富貴如可求，雖執鞭之士，我亦爲之。如不可求，從吾所好。」孔子所好在道。我們也可以說孔子所好就在他的良心上，孔子所講孝、悌、忠、恕，仁、義、禮、信等，這些人生道德，本就從人的良心上發動的。這些人生的道德，無法用法律條文來規定，也無法製成經典叫人來信奉，脫離了人的良心，如何再來講道德。我們如果輕視人生向內的意義與價值，而只重視人生向外的價值追求，人生變成只是在追求富貴名利權位，而這一切，都是不能人人同然皆得的，一人得之，便爲使衆人失之。因此不免又必會引起人與人之間的爭執。於是乎我們提出要奮鬥，要爭自由的口號，把我們人的聰明智慧都用在人與人間的「鬥爭」中，而又把法律來防止鬥爭。換句話說，我們是在與人鬥爭中，在法律的漏洞下，來追求人生的富貴到達的自由。

今天的社會問題層出不窮，我們每天翻開報紙，社會新聞的報導亦足以令人怵目驚心。最近報載政府機關幾件大案子，一是鐵路局向英商購買自強號車，行駛出問題事件。此事是否有貪污，固尚不知，但至少有不盡職之處。一是公路局中正橋收費員竟印製僞收據集體貪污一案，又有中船公司因官商勾結盜賣鋼板，竟因有人拒絕同流合污被舞弊者雇人殺傷一案，此外又常見報載有某些機關斥資數百萬的建築竟不能使用，以及工商業界的犯法貪污事，社會青少年殺人搶劫事，家庭倫理間之傷風敗俗事等，幾無日不有。今天人類良心的腐朽亦可想見，這豈是政府一紙法令所能挽救！

今天我們的政府，最先應做的事，莫過於肅清貪污，嚴懲不法之徒，以及改良社會風氣。這些都是今天社會人心所感之迫切需要。雖然我們的政府，正在盡力向此一目標努力，然而眞要能達到此目標，爲我們的國家社會找尋一條康莊大道，爲世界人類追求前途光明，絕非單憑法律與宗教所能達成，恐怕不得不回到中國人的「良心」二字上。一個人做了不應該做的事，沒有被人舉發，依法來講，不算犯法。這一個不成文的規定，卻間接鼓勵了不少人投機取巧，勇於犯法，寄望於僥倖。但照中國人說，你雖不算犯法，你卻違犯了自己的良心，你終久難逃自己良心的責備。

中國人喜講良心，良心可以相同相通，而良心在你心深處卻只有你自己知道。良心是中國人的舊道德，中國傳統觀念最重倫常，倫常關係是建立在人的良心上，不是建立在法律上。父母丟棄子女，子女忤逆不孝，法律所能管的很有限，只能要求從人的良心上來反省。夫婦亦一樣，法律只能管你結婚，或替你定好同居具體的條件，僅此而已。至於夫婦間的日常相處，則全憑雙方各自的良心了。我們一個人如只在法律的條文內過人生，實在太狹小了。我們若要在法律外來講人生，而大家不講良心，人生豈不苦痛萬分，亦危險萬分。這種苦痛與危險，今天我們中國社會已經看得夠多了。兒子殺父母，父母棄子女，子女離家出走；太太殺丈夫，丈夫殺太太；種種家庭事故，法律怎麼管得盡呢？家庭親情是建立在家庭中每一個份子的良心上，不講良心，還有甚麼家庭與親情可言。

從家庭到社會，社會一樣也是建立在社會中每一份子的良心上，拋開良心只講法律，社會能安定嗎？但要講良心，定應從家庭中開始培養。如夫婦，如父母子女，如兄弟姊妹，這是最容易使人講良心關係之所在，所以中國人最看重家庭。講「人倫」即從家庭開始。今天我們一切要現代化，家庭倫常之間也得現代化，於是親情間也只講財富、權利、法律，試問這種家庭如何再來談人生的溫暖？今天最時髦的口號是「享人權」，「爭自由」，這叫現代化。子女向父母爭自由享人權，夫婦之間互相爭自由享人權，家庭如同一法律場所，人生怎麼能不苦痛。

我們的國家今天應該走向現代化，這是世界大勢所趨之下一條必然的路。講現代化應看重法律，鼓勵國民人人守法，亦是今天必然的途徑。但今天我們如只看重法律而必要排斥固有道德，抹殺「良心」二字，則值得我們愼重反省與考慮。可以說，去掉良心二字，中國傳統文化亦將無話可講。今天如何使社會人心從只重法律，亦同時能重視道德良心，這卻是個很大的文化問題，值得我們今天細心探討。

孟子書上曾有這樣一個故事說：「桃應問曰：『舜爲天子，皐陶爲士，瞽叟殺人，則如之何？』孟子曰：『執之而已矣。』『然而舜不禁與？』曰：『夫舜惡得而禁之，夫有所受之也。』『然則舜如之何？』曰：『舜視棄天下，猶棄敝屣也。竊負而逃。遵海濱而處，終身欣然。樂而忘天下。』」舜是天下的大聖人大孝子，皐陶是守正不阿的執法者，舜的父親瞽叟殺人，舜貴爲天子，不能叫皐陶不執法，也不忍見自己的父親去受刑。照孟子的意思，處此情況下，舜只能棄帝位帶了父親逃到遙遠的海濱，隱居奉養父親以終。而在舜的良心上則自己感到快樂，並不以棄帝位而感到遺憾。

照中國傳統觀念看犯法，不是單純只從表面來判斷，有雖犯法而不算犯法，有雖不算犯法，而實應算是犯法。如舜之棄天下，竊負瞽叟而逃，就是一種本於良心的犯法。照中國傳統觀念講，這雖是犯法，但不算犯法，不僅值得人同情與原諒，而且值得人崇敬與表揚。

另一種是違犯了良心來守法。拿今天的流行語說，也可叫做「鑽法律的漏洞」。他這樣做雖不能算犯法，其實是犯了法。如果要依法律的條文來入他以罪，也許證據不足不能治他罪，但顯然可知他確已犯法。今天我們不是常見報上有許多殺人搶劫的案子，因證據不足而只得任令壞人逍遙法外嗎？貪污舞弊的事又有多少是尚未被檢舉的呢？他們不也依然逍遙法外嗎？照法律說，沒有被檢舉或沒有足夠的證據，他們都不算犯法。然而講良心，他們能說不違犯良心嗎？我們如光憑法律來維繫社會的安定，今天我們如何來處理社會上愈來愈多，花樣百出，逍遙法外的不法之徒呢？這是不是一個現代化社會的大問題呢？

功夫與命運

最近外子賓四撰寫回憶錄，他的情緒整個沉浸在回憶中。他對我說，他十八歲開始在鄉村小學教書，空閒時只知埋首書本，從不想望將來；但知一分努力必可有一分收穫。如今回想當年，深切體會人生必須在安分守己中努力。努力是我們為自己的未來所下的功夫，然而你要能安分守己，人生才踏實，這就是你將來的命運。聞此有感，特撰此文。

每個人在他當前都應有一番該做的功夫，但每個人必定關心到自己此下的命運。大體講來，一個人此下的命運多半操縱在他眼前所下的功夫上。在今天特別看重科技知識主張職業專業化的時代，似乎最易見到如此。如你現在下的功夫在電機工程上，你將來的職業亦是電機工程。他下的功夫在醫學上，他將來的職業是醫生。他下的功夫是會計，他將來的職業是會計。雖然可有變化，但大體說來，他的命運多半早經決定了。

中國古人說：「種瓜得瓜，種豆得豆。」種瓜種豆是你當前所下的功夫，得瓜得豆是你此下的命運，沒有不種瓜豆會憑空生出瓜豆來的。中國古人又說：「樂天知命」。種瓜得瓜，這是自然的定律，你不該種了瓜而想得豆，去嚮往將來有不可能的收穫；所謂樂天知命，就是這個意思。當然種瓜種豆也會有種種意外，影響了收成。我們通常說，三年耕有一年災；或水災，或旱災，是不可免的。既知不可免，你更應懂得該樂天知命了。

古人又說：「但問耕耘，莫問收穫。」耕耘是你所下的功夫，收穫是你的命運。功夫可操之在己，而命運則操之在天。所以我們只能不問收穫，卻不能不問耕耘，不問耕耘那來收穫呢？這一種觀念在農業社會中，似乎是一種絕然性的，容易得到一般人的信仰。所謂「種瓜得瓜，種豆得豆」、「樂天知命」、「但問耕耘，莫問收穫」，這許多話，也是農業社會的人所認爲是顛撲不破的眞理。

今天我們從農業社會逐漸轉向了工商業的社會，人生觀亦隨而轉變了。以農業社會來說，五口之家，耕百畝之地，這百畝之地不僅決定了你自己幾十年的命運，並可傳之子孫，也決定你子孫的命運，可以百年數百年不變。大體上說，中國過去是以農業社會爲主，文化歷史傳統幾千年來少變化。以工商業爲主的社會就不同了。今年你開一小店鋪，十年二十年後，你可能變成一大商人、一資本家。而一大資本家、一巨商，也可能因經濟不景氣而破產，成一貧戶。工商業社會的人生變化大。所以農業社會的人比較容易相信命運，而工商業社會的人比較不看重命運，認爲命運不可知，他們似乎更看重自己所下的功夫上。於是乎有所謂奮鬥，有所謂進取。換言之，他們的事業心更強烈。在工商業社會的人心裏，會要求無限向前的發展。

在上一篇樓廊閒話中，我提到通才與專家的比較。專家有專業，你學電機，他學天文，他學物理，他學制藥。你認爲那一行職業有發展，你就選定那一行職業，似乎專家未來的命運，可以全操在他自己的手上。但做一個通才，他牽涉的方面廣，要爲世所用，他的命運幾乎不能由自己一人把握得了的，更要看外在的條件，所以人人盡想做專家，不願做通才。

中國人常講修身、齊家、治國、平天下，要能一以貫之。修身齊家的範圍狹，身與家的命運自己比較可以把握。這不僅通才如此，專家亦一樣。至於說到治國平天下，此事就複雜了。有的人對治國平天下有抱負有理想，但他的抱負與理想能否眞實現，這命運卻不是全操在他自己的手上。如我們舉歷史實例說，我們看重孔子、孟子，孔孟都是第一等有通才達識的人，都是要爲人類大羣造福的，但孔孟在當時都不見用。中國是個農業社會，而中國傳統觀念在專家之上更看重通才，就因爲他不只爲一身一家謀，更要爲國家民族爲人類大羣謀，然而他的命運反而不能操之在我。他們是中國人所謂的聖賢，所以他們講的一套，中國人不稱之爲業，而稱之爲道。「道」是指人生的大道言。孔子曾說：「道之不行，我知之矣。」孔子又說：「五十而知天命。」他自己早知道他的理想與抱負，他所要講的大道，在他當身是行不通了，但他在五十之後，仍出來知其不可爲而爲之，只求盡其在我，亦即是只問耕耘，不問收穫。這其間，實含有極深的人生哲理在其內。

今天我們的社會一意要向工商業發展，認爲邁向工商業是我們必然應有的大進步，看不起農業社會，於是大力提倡科技教育，認爲這是我們當前所應下的功夫，並且要奮發，要進步，要追求無限向前的發展。似乎在工商社會裏，我們認爲人可戰勝命運，以爲人人對於自己此下的命運，都可有一定的把握。但人生是否眞能如此呢？一個電機工人，是否將來一定會搖身一變平地升天，自己開一個大工廠呢？一個學徒，將來是否一定會成爲總經理董事長呢？今天我們的教育主張，對未成年的青年就教他科技，教他陷在一個專門化的職業中間，而同時又要他奮鬥，要他進取，要他不斷向前發展。一個青年未成年他職業已定，而他的心卻不安不定，這樣一來，我們的社會恐怕將來人人都在早決定的專業中間，而抱一種不安不定的心情。這實在是國家社會一大可憂可慮的發展。這樣的社會恐怕會出大問題。然而這種大問題卻又需具有通才達識，能高瞻遠矚，能兼顧社會人生各方面，能懂得過去，又能顧到未來的人，而又要求其有不爲自己一身一家打算，並能眞肯爲國家民族將來著想的人，才眞懂得如何來解決此一問題。因爲這一問題牽涉到文化，牽涉到哲學，牽涉到政治、經濟、社會，牽涉到大羣人生的各方面。一個只爲自己一身一家着想的人，他只想當前的進步，只想改變現狀，他不知道有所謂國家民族的大命運。而這種命運卻是我們從當前現實情況所可預料到的。

近代的中國，似乎一切以美國做我們追求的榜樣，美國是今天世界上工業最進步的國家，而今天美國也是最不能把握自己未來命運的國家。許多人稱許美國的福利制度，雖說是此制度保障了許多失業的人免於饑寒，但發展到今天，社會上許多人寧可領救濟金，而不願去工作，這其中有值得耐人深省的問題存在。

美國是今天世界高度工業化的國家，他們只制造高級的精密工業，他們所不屑於制造的，我們這些工業落後的國家得以制成品輸美，如衣服、鞋子、自行車、家具等日常生活所需，而一般人也買得起的物品。美國人今天自己所制造的精密高級工業品，可以賺世界各國大錢的是武器、飛機、潛艇之類，這不僅不是人人所需，也不是每個國家必需，並且亦非各國都買得起。於是今天工業最進步的國家，最現代化的社會，經濟反而變成了入超；而我們一些工商業落後的國家，經濟反而出超，這豈不是一可怪的現象嗎？可見工商業的發展並非可以無限向前進步，也有他自然的限止。如果要再舉一更明顯的例子，莫過於今天美鈔的貶值。幾十年來，美金是世界各國貨幣的標準，被公認爲是世界上最可信賴的貨幣，今天變得反而不值錢了。明天呢？沒有人能確切預料美金將來的命運。倘使我們認爲做一個現代化國家，工商業經濟的發展是最重要的，那麼我們今天可以肯定的說，美國的命運今天變得無把握了。我們是否今天還該僅以美國做我們追求學習的目標呢？

美國社會除了重視工業科技外，還加上民主。國家社會一切大問題皆主張由多數來決定，這話聽來似乎非常合理，但就美國的情況來看，其中亦有許多問題存在。因爲多數並非都是通才，亦不都是專家。任何一個國家社會，通才與專家只占極少數，絕大多數人是知識淺薄的，但在民主一口號之下，他們同樣有決定國家社會大方針的權利。例如美國今天的社會福利制，許多人情願領政府救濟金生活，而不願自食其力。使得肯工作的人稅捐太重，不勝負荷。社會一般人儘管已感到此一制度的弊病，但要改革，得交付民主表決，那不是短時期能改革得了的。這樣的趨勢，那能永遠繼續下去呢？工商業社會太看重經濟發展成長，一到社會經濟有了困難，專家博士大批失業，有的去管電梯，有的在加油站加油，有的到餐廳端盤子，他們半生所下的功夫豈不與命運大相違背？

美國又有黑人問題。世界人口的膨脹早已發出了警報，現代化社會大家主張少生小孩，但在美國黑人家庭多不節制生育，因多生一小孩可多領一份救濟金。再過數十年後，美國黑人的數字或將超過白人，民主的選舉將會演變成何種情況？美國國家將來的命運無可把握，美國人民的命運又將如何？命運既不可知，叫人又從何下功夫呢？

農業社會的人生觀「只問耕耘，不問收穫」，只求「盡其在我」下功夫，而把另一半交給了命運。命運一半要靠天，好像人生一半懸空不實，但實際這命運是可預知，可以自己把握的。工商社會的人生觀認爲，只要下功夫就可全然把握自己將來的命運。換言之，認爲人力可以戰勝命運，所以要奮鬥，要進取，要無限向前的發展，而結果卻往往被命運所主宰。人生如此，社會也一樣。工商社會不斷要求改變現狀，必將使生活在這樣社會中的人變得無從下功夫。功夫與命運轉成兩截，一成功便該變，則人無成功可言。工商社會，便是如此。

由農業社會轉進工商業社會，單就經濟理論來講，像是一大轉變，大進步。但有了工商業，仍不能沒有農業，農業是根，工商業只是由根發展出來的枝葉。專就工商業言，由小工廠小企業轉進到大工廠大企業，又是一個大轉進大進步。但有了大廠家大企業，仍不能沒有小廠家小企業。小廠家小企業是根，大廠家大企業只是由根開放出來的花果，枝葉花果是要自根上生出，沒有了根，也就不會有枝葉花果。

近代西方工商經濟突飛猛晉的過程中，因爲帝國主義殖民政策爲他們作向外侵略的護符，所以才可盡在枝葉花果上求發展，他們的工商大企業可以只見有利不見有害。但兩次世界大戰後，世界大形勢已變，帝國主義已崩潰，殖民地各求自由平等。於是我上文所述專賴工商大企業的國家，而轉變成爲經濟入超，而那些依然留在農業及工商小企業的所謂經濟落後的國家，反而成出超，這些情形，還是有一個最大的命運在背後主宰着。所以我們仍需依靠那最後主宰我們命運的來下我們的功夫，不能說只要下功夫便能主宰命運。農業社會傳統的人生觀，要在安分守己上努力，在這上又見得較之現在的工商社會無限轉變無限進取的人生觀，反而在有些處更見可靠，更見有用。這實在是當前我們的人生，值得再來考慮和衡量的一個大課題。

國難當前的理想青年

近代我們中國人常說：「青年是國家的棟樑，是社會的杜石。」這句話實在是有它一番道理，值得我們來探究。青年應指在學校讀書求學的階段，他們尙未投入社會，尙未擔任任何國家社會的責任，如何就說他們是國家的棟樑、社會的杜石呢？因爲青年是純潔天眞的，人在青年時期大都有一份眞誠的情感，不以個人私利來計較。等到進入壯年成年期，跑進了社會，擔任了某種職務，成家立業了，就各個有了他們的一份私；碰到有關國家社會的一切事情，他的計劃和打算，不免會滲進自己一份私人利害作考量。中國人一向看重人生中情感部份，認爲人的一切知識是次要的。換句話說，知識應該以情感爲基礎。倘使我們沒有一種爲國家爲社會，大公無私的情感做基礎，而專講知識技能，那麼人的各種知識技能，都不免要爲個人的私利作打算。就個人言，或許知識可以不斷的有長進，技能可以不斷的更熟練，但對國家社會而言，對公的方面，反而是害多於利。所以我們應該在他們尙沒有跑進社會，沒有私的負擔，私的顧慮，而還具有一片天眞純潔，公而無私充滿感情的青年時期，來教他們求知識與技能。這是我們人生最重要開始的基礎，所以我們說青年是國家的棟樑，社會的柱石。

我們如果更明白一點說，今天在校讀書的青年，就是明天國家的棟樑，社會的柱石，這其中還有一個時間性的轉移在內。孔子講仁講知，知是指知識技能，屬於理智一方面的；仁是指我們人的一番感情。而這番感情是在前的，理智是在後的，要先具備有仁，才來講知。一個不仁的人來講知，知只是助長了他的不仁。這也可以說是捨本而求末了。所以眞要能爲國家的棟樑，社會的柱石，應該在青年時期來建築基礎。

孟子曾說：「大人者，不失其赤子之心者也。」孟子所謂的「大人」，應該是指那些能爲國家棟樑社會柱石的人而言。然而要成爲大人應有一個先決條件，就是要「不失其赤子之心」。赤子指初生的嬰孩，對於一切知識技能都無知，但他卻有一番與生俱來的感情。嬰孩一出生就會哭，哭就是一種感情的表示。當一個嬰孩脫離了母體，跑進這個世界，受到外面光線空氣的刺激，他就會哭，嬰兒降生舉家歡慶，但嬰兒卻一無所知，他只知哭，餓了要哭，倦了要哭，哭就是他的一片天眞。

嬰孩從吸母乳，慢慢認識母親，認識父親，再進而認識哥哥姊姊以及家裏其他的人。然後逐漸教他說話，教他走路，教他識字讀書，教他求一切的學問，都在他的一片赤子心上來建立基礎。我們人的一切知識技能，都要建立在他的赤子之心上，來施以教育。所以我們要做一個大人，要做一個國家的棟樑，社會的柱石，最根本的基礎，都應建立在從嬰孩到青年這一段時期中，我們說：「青年是國家的棟樑，社會的柱石」，這句話，與孟子所說的「大人者，不失其赤子之心者也」，意義是相同的。

換一句話說，我們要講爲國家爲社會，講一切人生的大道理大責任，我們都應該對小孩子對青年講，要在他大學畢業以前，在他沒有到壯年成年，沒有跑進社會擔任事務，沒有成家立業之前，就應該給他建立一個基礎。所以中國人講孝悌忠信，孝悌最是做人最高的標準，人生最高的理論，便要從嬰孩開始教。孝悌在先，忠信在後，能孝悌才能忠信，從嬰孩漸次長大，便漸次再教以忠信。孝悌忠信是我們一個人修身的最大道理，最基本的原則，就應在嬰孩出生至求學完成，這一段時期中間，建立起基礎。我們說，修身齊家然後可以治國平天下，治國平天下的大道理大原則，已經包括在修身齊家之內了。人生應求得知識技能，是重要的，但知識技能一定要配合人的一番天眞純潔、公而無私、和與生俱來的感情，這更是重要的。這一種認識是中國文化中一番至理。

我們今天講青年是國家的棟樑社會的柱石，其實這句話還是中國的老話，倘使照西方觀念來看，這句話未必正確。似乎西方人將青年以前這一段時期，與壯年成年以後的一段時期分開來看。國家社會是壯年成年以後的事，青年應讀書求學，應學習一切技能，預備將來成家立業，到社會做一個人。而中國人的講法就不一樣。中國人認爲，你將來要到社會上做一個人，乃至於做一個理想的大人物，為國家棟樑，為社會柱石，這一切的基礎都應在青年期前建立。西方人認為青年是人生的預備期，中國人認為青年是人生的根本期，這是一大不同。

民國以來我們中國人，特別是知識份子，十分羨慕西洋文化。我們一方面要追隨西化，然而另一方面我們還是脫離不了中國固有的傳統。舉一九一九年「五四運動」為例，當時國家在外交上受到了極大的挫折，於是引起「五四」學生運動。要知道，中國五四青年學生運動，是開世界西方歐美未有的先例。在西方，對國家社會的事起來有所表現與活動的，大都是壯年成年以上的人為主，而中國獨獨從青年學生運動開始。學生運動在中國歷史上是早有先例的，遠從東漢，有太學生議政，下及兩宋亦有學生運動，所以可以說學生運動亦是中國一種傳統文化。

今天我們的國家又受到了一個嚴重的挫折，又遭遇到了一個極大的困難，就是美國卡特政府忽然同我們斷絕外交上的關係，轉而要去承認大陸的共產政權。在此一情形下，我們舉國不安，大家的情緒被激起來了。這十幾天來，我們到處可以看到一種義憤的流露，一種公而忘私，愛國家愛民族的種種活動，青年亦不例外，亦在這種大的運動中間有他們的表現。我們從報章從電視上，看到我們的青年捐錢、捐血、唱愛國歌曲、張貼愛國標語等等活動。有人說，愛國的情緒是小學生勝過了中學生，中學生勝過了大學生。這就是我們上面所說「青年為國家的棟樑，社會的柱石」及「大人者，不失其赤子之心」的一個最具體的明證。今天固然我們舉國上下、政治界、工商界、學術界等，社會各階層，都有一種愛國家愛民族，一種出於義憤，出於熱忱的表現；然而仔細推求，一般在學校讀書求學的青年，他們的愛國家愛民族，公而無私的一片最天眞純潔的感情，還是我們社會中一個最高的榜樣。

在「五四」運動時，有人提出「讀書不忘救國，救國不忘讀書」這句話。救國是應該要有各種知識各種技能的，然而最重要的還是在人的感情，在這一片最天眞最純潔的感情上。但如果我們光有此一片天眞純潔的感情是不夠的，還得加上種種知識與技能，一定要知識與感情兩方面配合起來，才叫「讀書不忘救國，救國不忘讀書」。救國是感情的，讀書是加進了理智在內了。換句話講，我們進學校，從識字讀書求學的種種方面，本不該專爲個人成家立業作私的打算，而應以國家民族的大前程來打算。

今天我們的國家民族又正是處在一個變的狀態之下，也可以說遭遇到了一個大變，而且這個變絕不是短期能終了的。將是一個繼續不斷的變，一個不可預測的變。近來我們又提出「處變不驚」這四個字。我們應知道重要的不在「不驚」，而是在「處變」上。你怎樣來「處」這個變？倘使我們明白了這個道理，我們能「處」這個「變」，那麼我們當然不必驚了。倘使這個變已經來了，我們不懂如何處，而又要不驚，這種人就如中國人一句舊話，叫做「麻木不仁」。所謂「不仁」，是指這種人無感情。國家社會遭到這樣的變化而你還是不驚不動，豈不是無感情嗎？尙不如一個嬰兒，一出生就懂哭，一任感情的流露。這即是嬰兒的處變不驚，餓了他哭，倦了他哭，這種種都是他「處變不驚」的狀態。所以嬰兒的生命亦可說，只在「處變」而不在「驚」。

我們又常說，要「以不變應萬變」。萬變來了，你要能「應」。在應變中，所不變的就是我們的那一份感情。但單憑此感情又怎麼去應萬變呢？你還得要加上知識，加上技能，加上理智，加上一切後起的種種才行。你不能說外邊萬變，而我只要不變就行。我們應懂得這個應變的「應」字。

孔子說：「仁者樂山，智者樂水。」仁就是指我們人的天眞純潔愛國愛民的這份與生俱來的感情。從小孩子講，只要愛父母愛家庭。其實這份感情公私都包括在內了。嬰兒初生懂得哭，肚子餓了，身體倦了，母親喂他搖他，他懂得愛母親，推而至於愛父親、愛兄長、愛家庭，再推而至於愛國家愛民族，這個感情從小到老是不變的，所以說「仁者樂山」，山是不變的。智者樂水，孔子站在一條河川說：「逝者如斯夫，不捨晝夜。」水是沒有片刻不變的，它不斷的前進，沒有一分鐘停留不變。我們要以不變應萬變，要處變不驚，就是要在「知識」的上面加上一番天眞純潔與生俱來的「感情」。這種感情是一個不變的基本，知識是用來處變應變的。

我們如拿這一觀點來看西方人，就不一樣。就以最近卡特政府承認大陸共產政權爲例來說，卡特是從種種具體事實的利害上打算，而忘掉了人還該有感情。我們大家批評他，說他「罔顧道義」，說他「背信棄義」。「道義」兩字不是理智的，而是感情的，指他背棄盟友，亦是指感情而言。西方人雖不看重感情，但卡特政府的這一違背信義的驚人外交舉動，還是在美國自己國內引起了種種不平的反應。而種種反應，主要還是來自成年人，來自負有國家社會責任的，譬如眾議員、參議員、政黨裏的重要人物等，以及社會上各階層人物，而青年比較最少，他們只在學校讀書求學不來管到國家大事。所以我們中國人講的「青年是國家棟樑，是社會柱石」這話，或許西方人不甚了解，亦難以同情。

但我們應回過頭來說，青年時期畢竟還是一個讀書求學的時期，今天要叫青年安心在學校裏讀書求學，我們說「救國不忘讀書」，這句話當然不錯。要救國家救民族，要對當前不斷來的種種變動能處能應，都需要有知識有才能，要具備各種的需要。但照我們中國人的理論講，這一切的知識技能應該建築在一個「感情」的基礎上，亦即是「道義」上。今天我們的國家在外交上遭遇到數十年來未有的重大挫折，照感情講，我們怎能處變不驚呢？這是一個最使人驚心動魄的事情發生了，我們今天如何來教青年在這一個狀況下，再來安心讀書呢？我們應爲當前的一般青年設身處地想一想。一個青年，今天還在中學或大學讀書，然而他已經有了這一份知識，懂得國家社會當前碰到了大困難大挫折，他怎能說我不動心，我可以不顧一切，安下心來讀我的書，做我的學問呢？或許我們可以說，今天在我們聽到卡特這不顧道義的決定後，與昨天在我們尚未知卡特的此一決定前，讀書求學該有不同了，至少在我們的心理上有不同。這是心理上的「變」，有了這個變，我們應該怎樣來處這個變，應這個變呢？是否我們國家社會中，一輩先進的，在學術界知識界的前輩，在政治上領導負責的大人們，可以來幫助青年指導青年，怎樣來處變應變？指示他們一個新途徑，新態度，或是教他們一個安心的方法？這恐怕不是簡單的幾句話可以了事的。

「七七」事變前，日本人侵略中國，那時候，我們政府委屈求全，國家不到最後關頭不願引起戰禍。那時候的中國青年，也是感到極大的不安，希望政府立刻起來抗日作戰，於是形成政府與青年處在一個對抗的立場。抗戰時期，有些青年處在惶惑不安的狀態中，竟有走向延安的。抗戰勝利了，國家還是在一個動盪不安的狀態之下，一般青年不知該服從政府「三民主義」建國呢？還是該服從「共產政權」走向親蘇的這條路上去？當時在國內各大城市的學生，不僅有請願，有示威，甚至於有所謂「吃光」運動，這種種悲痛的回憶，我們這些在大陸生活過的人誰也不會忘記。論當時青年們走的路，是大錯特錯了，才使得我們的國家變成今天這個樣子，形成了中國歷史上極大的文化悲劇。不能不說當年的青年們亦應負一大部份責任。今天以後的青年，我們應該如何來引導，使他們不要再重蹈覆轍，我們不能單拿「安心」兩個字來指導青年，總該指導青年一條能安心的路。固然青年應該自己覺悟，自己明白，應讀書不忘救國。而我們一輩成年壯年知識界的先進份子，尤其是在學校負教育責任的小學中學老師，甚至於大學的教授們，亦應共同擔當起這一個大責任。大家常說我們現在應團結一致，我想我們至少亦應在教育界學校中，能做到師生團結一致，一條心，共同走上一條路，使我們可以安於今天的不安，來應今後的萬變。這是我們當前很值得注意很值得研究的一個大問題。

自從卡特宣布與我們斷絕正式邦交，這十幾天以來，報章電視主要都集中在討論國家以後的大政方針，討論有關軍事武裝的問題，討論有關外交的問題，討論有關財政經濟的問題，以及有關法律憲政的問題等，似乎尚沒有正式提出來討論過有關今後的教育問題，亦即是青年問題。倘使我們真承認青年是國家的棟樑，社會的柱石，那麼青年教育問題亦應是一個大問題，我們至少亦得同上面所舉軍事、外交、經濟、法律等各項問題，同樣注重，同樣應加以討論。

記得一九四九年政府遷臺初期，那時有兩句話：「毋忘在莒」「臥薪嘗膽」，這是當時大家常會講到的。今天我們到臺灣已經三十年了，在近十年十五年來，似乎我們的社會不再講「毋忘在莒」「臥薪嘗膽」了，大家只注意到經濟繁榮，天天覺得經濟在成長，人人覺得人生應要享樂，社會走向奢侈，似乎太平快樂的日子已經來到。試問我們的學校是否應在經濟繁榮太平快樂的意想下來施教育，還是仍應在提醒大家「毋忘在莒」「臥薪嘗膽」的精神心理狀態下來施教育呢？這真值得我們反省。

今天以後，我們當然希望經濟繁榮能繼續維持，軍備國防能繼續進步，外交能突破種種困境。但當前的青年教育問題，如何使他們能安心讀書，而猶能保持他們天真純潔愛國家愛民族的一番心情，以爲將來國家的棟樑，社會的柱石作準備，這也是一項重要的大問題，我們應該有人肯用心來在此問題上多注意討論。

讀書·做人·救國

我在上一篇樓廊閒話論國難當前的理想青年一文中，提到「讀書不忘救國，救國不忘讀書」這兩句話。這乃是當年北京大學「五四」運動時，校長蔡孑民先生所提出的。這兩句話似乎拿「救國」與「讀書」分爲兩件事，他的意思好像說，你們現在去游行顯示你們青年愛國的一番情感，能讀書不忘救國，這是應該的。但是這種愛國游行的運動不能無限止的延續下去，你們還該回到學校安心繼續你們的學業，所以又說救國不忘讀書。這不是把救國與讀書明白的分爲兩事來講嗎？

倘使我們深一層來講，讀書與救國應是一件事，不是兩件事。我們讀書本來是爲著救國家救民族，作一種基本準備的功夫，並不是只爲了個人的身家出路來讀書，而在讀書之外又分出一部份時間來救國。我們該知道，救國不是這樣救，讀書也不能這樣讀的。我們應該懂得讀書就是爲了救國，救國也不能僅憑一番情感，一番熱心，或一時的衝動，就能救得了國的。救國應該是把我們從前讀的書來躬行實踐，運用發揮，這樣才能眞救國。

有人或以爲一個國家民族，當它在艱難困苦中需要救，當它在安樂和平的情況下，就不需要救了。現在說讀書救國是一事，難道不需要救國，也就不需要讀書了嗎？其實這「救國」二字需活用，不可死用。所謂救國，實際上講也並不是需要等待國家到了危險艱難的狀態之下才要救，就是在一種和平安樂的狀態之下，你還該懂得要救的。譬如說，我們人的日常生活時時該當心，並不是要等到你生了病，進了醫院，才該當心。在平常健壯的日常生活中，你只要一點不當心就會病。所以我們愛國家、愛民族，也應該無時無刻不存有一個救國家救民族的心情。孟子說：「生於憂患，死於安樂。」倘使你覺得你現在的生活很安樂，你大意了，你放縱了，憂患立刻會跟了來。倘使你覺得國家民族的命運時時該存心憂患。那麼國家民族就會常保安樂了。所以孟子說：「生於憂患，死於安樂。」這是說安樂前面是條死路，憂患前面才是條生路，所以在憂患中能生出安樂，在安樂中，仍該不忘有憂患。一個人的日常生活如此，一個家庭的生命亦一樣，乃至於一個國家一個民族的大生命大前途，還是一樣的。孟子這句話的意思，就和我們現在講的「處變不驚」「莊敬自強」是同一意義的。不只是在危險憂患艱難困苦之下要莊敬自強，就是在平常安樂的狀態之下，也該莊敬自強，如此你就懂得處變不驚了。到了一個變的事態來了，你還能莊敬自強，這樣不就是處變不驚，以不變應萬變了嗎？我們的話可以這樣說那樣說，但道理總是這一個。

照這樣講來，我們可以拿「讀書不忘救國，救國不忘讀書」這兩句話，改爲「做人不忘救國，救國不忘做人。」我們做一個人，就該講究做人的道理，該懂得人人應有他應盡的責任。這個責任就是要愛國救國，不是只爲個人的享受來做人，是要爲天下國家，或說爲國家民族來做人。所以我們說「做人不忘救國。」其實愛國救國就是我們做人的本分，愛國救國還就是他在那裏做人，不是在做人之外要另找一機會做另外一件救國的事。國家民族無時不在憂患中，要讓它永遠走在一條正確的路上向前，而不要讓它走上一條歧途絕路。到了這個時候再來救，已經是遲了。

我們拿最近的情勢來講，無論在臺灣、在大陸，我們的國家民族都是處在一個危急存亡艱險困難的狀態之下，所以我們常要講救國。至於美國呢？它是今天世界上最富最強的國家，大家說美國是自由世界的領袖，他們今天安富尊榮似乎不需要救。但照孟子所說，我們尚有生於憂患的希望，美國卻有死於安樂的危險。譬如今天卡特忽然背信忘義宣布與我們斷交，要與大陸共產政權正常化。這一舉動，引起了我們在臺灣及海外，乃至於大陸中國人的憤慨怨怒。甚至於在美國國內，亦對卡特的獨斷獨行，引起了大多數人的激憤。卡特的這一舉動，很可能領導美國走上一條很艱難困苦的路上去，亦可說美國自此將走上一條歧途，這正如孟子說的死於安樂了。我們也可以說，今天美國國內參眾兩院的議員們，以及其他各階層的人，對卡特的反對，就是一種救國運動。想要把他們的國家，從歧途絕路挽回到大道。這就足以證明我們上面所說，應該無時無刻不講求救國。

換句話說，我們應該無時無刻不莊敬自強，無時無刻不謹慎小心，無時無刻不應走在正義大道的路上向前進。一個在政治上負有責任的人，雖只是他個人一時的不慎，也會導致他整個國家民族處在一種艱難危亡的狀態中。我們亦可說卡特的錯，錯在他的「做人」。如果卡特眞懂得了做人的道理，必然不會出此下策。其實，這亦不是卡特個人的意見，卡特手下有他一個集團，這一集團的人，都選擇了這一個錯的「做人之道」，才會造成今天的危機。

我們應該慶幸我們中國傳統文化中，有一最特殊最有高貴深厚的意義與價値的特點，爲舉世其他各國文化所無的，就是我們看重「做人」的道理。事是由人來做的，倘使我們不能先懂得做人要合做人的道理；換句話說，不先要求做成一合理的人，又怎能做出合理的事來呢？惜乎這一至可寶貴的文化特點，在今天已漸趨消失了。今天我們要再講愛國救國，亦將感愛國無從，救國亦無從。

我們試舉一最近發生的事來說。「中美斷交」後，美國政府派了副國務卿率領了十位政府官員乘專機到臺灣來，商討斷交後的一應事項。我們大批青年學生集合在機場外示威，表示我們中國人對此事所感受到的公憤。這沒有甚麼不對，也是情有可原、理有所當的舉動。照近代西方人的說法，這叫「羣眾運動」。在西方講來，羣眾運動爲表示羣眾的憤激之情，投臭蛋、拋蕃茄、灑油漆，好像都是羣眾運動中常有的一種行動。但照中國文化傳統的觀念來講，這一投臭蛋、拋蕃茄、灑油漆的舉動，實在是大不該的。羣眾是由一個一個的個人集合起來才成羣眾的，個人做人應有做人的規矩與道理，羣眾亦一樣。我個人不能對你個人投臭蛋拋蕃茄來羞辱你；我們不能說個人所不應做的事，羣眾就可以做。這個道理實在講不通。何況美國的代表團來臺灣是負了他們政府的使命，代表他們的國家來商談。我們既想與美國繼續保持關係，又要羞辱他的代表，豈不矛盾？我事後得知，那天更有人用鐵棒將美國代表團的座車車窗打破，並打傷了兩名代表，這比投臭蛋蕃茄等更嚴重了。雖幸是輕傷，未釀成大禍，但亦終因青年的此一愛國衝動，使我們政府派遣赴美談判的代表團未能成行。我又曾聽說，美國代表團由於我們青年愛國行爲的過份激動，當時就準備返回美國，不再舉行會談了。果眞如此，我們的愛國行動，豈不也會產生出反面的結果來嗎？

我們講愛國救國，不是只要抬出這一冠冕堂皇的口號，就可以放縱我們的行爲隨心所欲的。做人要守做人的道理，愛國救國亦應循一正當可行的途徑。換句話說，愛國救國亦應有愛國救國之道。逾越違背了這個「道」，救國實足以誤國，愛國實足以害國。我們上面講到「莊敬自強」，自強之上更重要在「莊敬」，個人做人應莊敬，羣眾運動亦應莊敬。沒有聽說做一番救國的大業，可以出之於不莊不敬而能達成的。但要眞講愛國救國之道，就只有多讀書，多明白這些道理。古聖人曾說：「憂以天下，樂以天下。」又曾說：「以天下爲己任。」這是中國的文化傳統。我們爲了要能「憂以天下，樂以天下」，「以天下爲己任」，讀書一事則爲最不可缺的根本基礎。所以在中國歷史文化傳統中，讀書一事，一向認爲不該只爲個人一己之私，謀出路、謀幸福的打算。

中國傳統知識分子所讀的書，所謂「聖經賢傳」，在經、史、子、集四部裏，無論是文學、哲學、史學任何一個範圍，只要是被認爲人人應讀的書，都是不違背做人道理的。不僅如此，並都提示我們一層更深更高的做人道理。如大學一書，自宋以後是每一個讀書人第一部應讀之書。大學首講三個綱領，「在明明德，在親民，在止於至善」，這都是講的做人之道。明明德，是做人之中一個極高的標準。大學中又有八條目，「致知、格物、正心、誠意、修身、齊家、治國、平天下。」治國平天下，就是愛國家愛民族愛全人類，做人最高的道理。然而這卻要從齊家做起，而齊家又要從修身做起，修身就是講個人做人的道理。個人做人建基在致知、格物、正心、誠意上，那就是在明明德上，在止於至善了。中國文化中這一種對人生有深徹認識的至高理論，西方人很少提到。

今天我們看不起修身，提到修身齊家就被認爲都是些封建時代留下來的舊觀念，現在是二十世紀的新時代，早不應再講這些。今天我們的青年不肯講修身齊家，但卻個個勇於要治國平天下。卻不知做人做事的道理是一以貫之的，兩著之間有著密切不容分割的關系。所以我們讀書，重要的不在僅求知識技能，更重要的是在求得做人處世的道理。

講到這裏，我不免又要想到另一個問題。最近「中美斷交」後，美國宣佈他在政治上雖然否認了我們的政府，但仍希望和我們民間保持文化與經濟的種種交往。我們姑且不論他的這一番說話是否合理，也暫不談商業交流的問題，只講文化交流；所謂交流，應是指兩種不同的文化相交往。今天我們中國人早已對自己的文化失去了自信心，不僅不自信，並亦不自知，早把他拋在一旁了。在我們今天一般中國人的心裏，早已無所謂文化交流，只要「西化」便是。凡是西方的全盤都接受，不必選擇，這又如何來談交流呢？

今天我們政府開放了國民出國觀光的限制，於是許多人又高唱「國民外交」。要談國民外交，首先得要求我們的國民知道我們自己的文化是甚麼，再要能建立起國民應有的自信心。信的甚麼？首要在信我們自己的文化。拿我們的民族傳統文化來與西方的交流，這才是一種眞正的文化交流。國民外交並不只在出去觀光看看人家的形形色色，花幾個錢增長了一點見識而已。也不只是派一棒球隊出國去比賽幾場，或派一文藝隊出國去表演幾場而已。文化應有不同的層次，外國人不知道臺灣在那裏，不知道「中華民國」，我們派了球隊、文藝隊出去，使他們對我們有一個最起碼的認識，當然很好，但這是不夠的。文化交流、國民外交應該有更高一層的意義在內。談到更高深的一層文化意義，我們又非讀書不可。不只要讀書，更重要的要讀中國書，要復興中國文化，要懂得中國歷史文化傳統，要懂得中國歷代聖賢做人的大道理。這個責任，自然最主要的落在青年身上。青年不讀書，中國青年讀書不懂得讀中國書，讀書而不懂得中國文化傳統的特殊性，不看重爲做人、爲愛國救國而讀書，則泛泛讀書自應與做人救國無關了。不懂得做人救國的最基本最高深的道理是讀書的第一義，其他都是次要的；只看重學一點科技，增長一點知識，爲個人一己之私的身家求出路，那麼就無怪今天中國青年認爲在國內讀書只是第一步，只是一準備階段，一定要到外國去留學才是讀書的最高境界。今天不僅我們的青年這麼想，我們整個的社會人心都是如此。在這一種心理狀態之下，我們如何來談愛國救國呢？又如何來談國家民族的百年大計呢？

有人說，我們今天要和外國人交往，必須要講他們懂得的一套。他們喜歡打棒球，我門便專門培養棒球隊。他們看重運動，我們的社會應提倡各項運動。他們的人民喜歡出國觀光，我們亦應開放國民出國觀光的限制。他們只看重商業經濟，我們亦只講商業經濟。他們講人權，我們亦講人權。至於我們中國文化傳統講讀書爲求做人愛國愛民的道理，太高深了，西方人未必能瞭解，更不用說接受了，所以我們亦不該再講。古人說：「人同此心，心同此理」。外國人也是人，也會有良心，有良知。中國人的道理，不是只能講給中國人聽，不能講給外國人聽的。中國人的道理，外國人不見得都不懂欣賞，爲甚麼我們不肯在此上嘗試一下呢？文化交流最重要的意義，本就在相互欣賞對方的長處，不在拋棄自己來追隨別人。這不是說中國人不該接受西方知識，只是說我們不該接受了部份西方知識，就要丟棄掉我們整個文化傳統。

今天我們的青年又遭遇到一個憂患的時期。憂患當前，我們只要能明白到這是一個我們應「反求諸己」的時期來了。我們應該再來講一講我們自己中國的文化傳統，我們懂得在這一點上來愛國家愛民族，我們懂得在這一點上來談讀書做人；重新建立起國人對固有文化的信心，是當前救國的大任，也是青年的要務。但這一要務並不止於青年，青年是將來國家的棟樑社會的柱石。所以當前的青年講愛國救國要懂得這個道理，將來成了國家的棟樑社會的柱石，還該懂得這個道理。明白了這一點，我們今天才能安心在學校讀書，讀書就是爲了救國。愛國救國是個長期的終身事業，不只是今天在學校做一個學生應該讀書救國，將來出了學校進入社會依然應該如此，甚至於到了我們復國建國的大任完成了以後，還該如此。我們的祖宗就因爲看重這一點，才能完成我們五千年的文化。今天我們亦需要重新認識這一番道理，自會對國家民族的前途不悲觀，對當前遭遇的橫逆不緊張。但是我們今天必須先要切實對我們的社會風氣，社會人心，一切言論行爲，作一番深切反省，然後才可能走上一條讀書、做人、救國一以貫之、三位一體的大道。這一條大道，亦是今天我們所謂國難當前，理想青年唯一的大道。

寂寞的人生

最近兩年來，我曾經聽到好幾位朋友向外子賓四傾訴寂寞。他們感慨的說，現在要想找個可以談話的對象，已大不易了。這幾位先生都是年已高齡，曾都在政府擔任過，或正擔任高職。照世俗的眼光來看，他們應該不會是感到人生寂寞的人，但是他們卻都深有寂寞的感受，一次再次的發出內心的幽慼之言，聞之令人不僅同情亦有同感。我們能了解他們的心情，能同情他們的感受，正因爲我們也常有過那種相同的心情與感受。

有人認爲今天我們多半過的是現代化都市生活，每一個家庭都有電視、有收音機、有音響設備，出門可以看電影，可以逛大公司，或是約幾個朋友上小館，消磨一天半日的時間。而電視更是裝設在家，隨時可以開放，是解除寂寞最方便而不花費的消閒工具，尙何寂寞之有？卻不知「寂寞」與「無聊」不同。聲色熱鬧，亦許能幫助人消磨掉無所事事的時間，解消人們的無聊而已，卻與人們內心的寂寞無關。而且生活的煩忙和熱鬧，有時會更引起人們深心的寂寞來。

生活的意義與價值本有高低深淺之不同，而此高低深淺之分別，則主要在人類社會有一積世相傳，道一風同，共同的人生標準及價值觀。換句話說，社會的意義，在人們對風俗人情有一共同的認識與共同的趨向，如此才能期望人與人的情感相交流。有了情感的交流，才能期望人與人之間彼此起共鳴，才可望解除彼此間的寂寞。人生必然要能達到此一境界，才是生命最高的意義與價值所在。人的七情，喜、怒、哀、樂、愛、惡、欲，表現在外，莫不希望有人能起共鳴，亦莫不盼望能與人分享。而人的感情也必要達到此一境界，才算是獲得了最完美的意義。惜乎！今天我們的社會人心已變，大家逐漸看不起社會人生共同的嚮往共同的標準，競求標新立異，每好以個人之私來衡量一切的事與物。於是人與人之間的情感日益相隔，好像是崇尚理智來作人生標準，其實是情感日薄，說不上情感交流，更何況起共鳴了！這就無怪我們要感到人生越來越寂寞了。寂寞是從人的情感上起的。

在我二十年的婚姻生活中，曾遭受到一次生命中最大的波折。那是在一九六五年，賓四辭新亞院長職時，那一段日子，令人深切體會人生的寂寞。照理說，人想要向前爭取，多易帶來失意與挫折。人如能向後退讓，總是多順遂可行的。更何況新亞是由賓四創辦，從無到有，這其間是經過一番艱難奮鬥的。卻不料他的退讓，給我們當時的生活帶來了嚴重的不安，使我們進退不得。至今回想當年情況，平日所見的那些熟面孔，似乎一夜之間，變得如此陌生，如此疏遠。環境的轉變，使你平日時時接觸到的人，一下子加進了他個人現實的利害得失，各人只爲各人自己打算，對原有事物的看法，與你有了不同，於是多年的情感一下子有了距離。這一轉變，頓時使我們陷於孤寂，環境既不允許我們易地而居，就只有茫茫然的等日子一天天過，度過了半年多。其中經過，此刻甚難一言得盡。我當時甚爲丈夫的健康而整日憂心忡忡。賓四安慰我說：「不必爲我擔心，我一生經歷過太多的波折，度過了好多寂寞的日子，但我只要一拿起書本，就能把一切煩惱拋開。」然而我一時卻無法拋開我內心的恐懼與擔憂。我瞭解他內心深處那股無可訴說的寂寞，只因爲我缺乏人生的經歷，不懂如何向他解譬與勸說，然而我總覺得我懂得他深心的寂寞，而且能和他的寂寞有共鳴。他常說，這已是人生難得的際遇了。在那段寂寞的日子裏，我最懷念我那死去的父親，我常對賓四說：「要是我父親還在，只有他能眞懂你此時此刻的心境。」人生豈不奇妙，和你曾經十多二十年來晨夕共事的伙伴與學生，到一天環境變時，都成了陌路之人，而一個從來沒有共同生活在一起的人，你卻知道他一定能懂得你此時內心的孤寂與無奈。雖然已是人天永隔，但想到人世間曾有過這樣一個人，豈不也是人生一大安慰。

李商隱詩「心有靈犀一點通。」兩心相通，只就靠那一點靈性，並不在言語之多。而人心的這一點靈性，則需要情感不斷的培養。人的情感不是但憑一己一時之好惡，情感有高低、有深淺。培養情感要憑知識學問，才可以不斷的有進步；才可以從下而上，從淺到深；才可以上下千古，上與古人，下與來者起大共鳴；才能在大寂寞中感到不寂寞。陳子昂詩：「前不見古人，後不見來者，念天地之悠悠，獨愴然而涕下。」這豈不又在不寂寞中仍感有大寂寞嗎？這眞是人生奇妙的一境。然而人生這一種境界，在蕓蕓眾生中，卻又是可有而不易有的。

我有一位朋友，二十多年前，她們一家從香港移家赴美，當時是她丈夫堅持主張要去的。臨別時，她曾對我說，身爲人妻、母，不能不盡妻母之責。將來待子女成立後，她一家要回東方來度晚年。她現年早已過六十，丈夫去世多年，兒女俱已成家立業。她雖沒有甚麼學歷，卻是出身於大陸有名的世家，有高雅的興致。前幾年一人由美來臺，在臺曾住了兩年多。她多次向我傾訴在臺居住精神上的寂寞。我笑說，打電話老找不到你，常常外出，怎麼還感寂寞呢？她說，本不喜麻將，在美居住有時不得已，以麻將作消遣。想不到來了臺灣，還得靠打麻將消磨時間。她喜歡看畫展、聽音樂、看京戲、去郊區走走，或逛街，或煮杯好茶，約幾個朋友談談天，她認爲這些都比打麻將好；但她想找一個有同好的遊伴卻感到十分不易。她曾學畫，亦想以作畫爲藉口推掉些麻將之約。朋友笑她七十學吹鼓，還想成名不成。她向我訴苦說：自己雖不愛麻將，朋友相約，不能不敷衍，否則恐將無人與她再來往。她在臺，一人租一間公寓房獨居。她說，離開子女萬里迢迢回到中國，總希望晚年能度幾年愉快的生活，不能長日面對四壁，也不能終日閉戶作畫，想要多有幾位朋友來往，就不能不遷就朋友之所好。然而身雖常在社交應酬場合中，內心卻不免常有寂寞之感。想回美國，又覺得現代的社會，在兒女家只能短住，不可久居。縱能久居，她也感到兩代之間生活習慣思想愛好的不同，情感越隔越遠，雖是親人相聚，也難以解除她內心的寂寞。她因病去秋已返美，臨別曾說再不打算來臺，不料返美未半載，來信說又在計劃來臺小住了。自言內心充滿矛盾，不知何所適從。

我自己曾有一個小故事。我家園中進門有一斜坡路，路的兩旁種了數十棵楓樹，大家都說臺灣氣候不寒，所以秋天楓葉不紅。有一年，寒流早臨，又遲遲未去。楓樹上的葉子尚未落，尤其在走完了臺階到平地的路旁那一棵，樹葉特別豐盛，一時都變紅了，顏色鮮艷令人陶醉。而這棵樹的枝幹本就姿態最美，眞可入畫。我初見眞覺滿心歡喜，離開了大陸二十多年，這是我第二次再見紅葉，更何況它長在我們自己園中，那份歡欣豈是這枝筆所能道盡的。這棵楓樹正斜對樓廊。我想爲這難見的紅葉慶祝一番，那時我們的樓廊尚未加窗，寒流未過，滿園蕭索，一派深秋景色。我特地沖了兩杯滾燙的咖啡，與賓四兩人加上厚棉衣對坐廊上，遙賞那一樹楓葉。我們回憶大陸的秋景，回憶多年前在美國耶魯大學附近小山去賞楓葉的往事，一個下午就在回憶中不知不覺的溜過了。第二天，第三天，我一直戀戀不捨坐在廊下，遙對那棵紅楓樹，看著它的葉子一片又一片，隨風而落，滿心覺得可惜。深覺對此美景，除我夫婦外，定想要再找一分享的人。我在心裏盤算邀請誰不會被拒。我想到一位朋友，認爲她定有同好，興沖沖打一電話給她，請她來喝咖啡，共賞楓葉。不料卻被她在電話中一口回拒來。她笑我雅興不淺。也許她認為賞楓是年輕人的詩情畫意，我的年紀已老得遠超乎了那個階段。也許她認為人生應求現代化，現代生活中足以為人逍遣寄情的方式太多了，豈能再眷戀那種舊方式。我當時握著話筒，再也述說不出我內心的欣喜。挂上話筒，回到廊上，眼前紅葉也覺頓時減色。我不禁想起李白「舉杯望明月，顧影成三人」的詩來。我對賓四說，時代變了，想把快樂與人共享已大不易，更何況要人來分擔你的煩憂呢？

前天一對夫婦來舍，閒談中，提起數年前一位老教授死後，他的遺孀，安排妥他的後事，待他逝世滿周年後，服安眠藥開煤氣雙料自殺而死。死前曾安排身後捐兩百萬給一慈善機構，又數十萬元捐給另一機構。據說這位遺孀年過六十，自己沒有子女，似乎本身也沒有受過多少教育，但顯然她的自殺並非為了經濟生活。這使我聯想到數年前轟動中外劉大中夫婦的自殺故事來，劉先生因患不治之癥，受不了現代醫藥的折磨，厭世輕生，這是可以了解的。劉夫人已年過六十，兒女俱已成家立業，劉先生在美任教數十年，經濟當不成問題，而她本人又是一受過高等教育的知識份子，有廣大的社交圈，為甚麼竟然捨棄了親人，一死殉夫？若探其心意，豈不在她內心深處，對自己的將來有一種寂寞的恐懼感。她覺得這個世界上，子女朋友都不足以分享她的喜樂，分擔她的哀傷，則雖生猶死，不如一死百了。如有靈魂，則還可與丈夫天上相伴呀！

前兩天，又有另一位朋友和我談起，她說近來深感朋友交往多一重心理負擔，常怕說錯了話，引起是非。她舉了一個例子對我說，她以前以爲多說稱讚人的話，或可不得罪人。不想也會生是非。因爲所稱讚的人，可能正是對方所嫉妒的，於是仍然得罪了人。不幸的是，她逐漸發現朋友之間，相互忌妒的越來越多；甚至於所談者，只是聞名而不相識者，也會因嫉妒而引起是非。社交應酬又成了現代生活所不能少，這就令我這位朋友不免常感煩惱了。我們夫婦的生活是閉戶隱居式，和外界向來少交往，因此我亦沒有這位朋友所遭遇的經驗。但我畢竟不是與世隔絕的人，早已體會到今天社會過份看重功利名位，人生太現實，人與人之間大家相互比賽競爭，誰也不樂意看到別人比自己好，又如何希望朋友之間能情感交流，彼此分享憂樂呢？

「中美斷交」後，大家都關心國家未來的前途。一位極熟的朋友有天來我家，談到時局，我和他發生了大爭辯。幸而當時賓四因另有客人未在旁，否則他必會責備我太沉不住氣。事後我心裏非常感傷，我對賓四說，我並不爲和朋友爭辯這件事感到難過，而是因此時此刻，我和這位朋友對國家前途竟不能有共同看法，使我難過。時局的演變關係著我們的命運，亦同樣關係著我們整個中國包括八億九億大陸苦難同胞的命運，更關係著中華歷史文化的存亡絕續。我們人人會說，沒有國家，那有家庭與個人。我們都愛民族，但朋友相見，我們對國家民族的前途與命運，卻無法溝通彼此之間的歧見。試問今天的人生，還有比這更使人感到憂傷寂寞的嗎？

今天我們的人生，已走向一寂寞的世界。我們追求都市生活，而都市生活的繁忙，使得人與人之間的感情越來越淡，更加添了人生的寂寞。我們追求財富，物質生活的享受，把人與人之間的距離越拉越遠，亦加深了人生的寂寞。然而現代人的生活，卻都只知看重向外追求，吃喝玩樂酒色徵逐，在今天的社會比起幾十年前來容易多了。有的人終身沒有懂得甚麼是寂寞，以爲人生的寂寞都可以外界的聲酒色相而驅除。卻不知人生的眞寂寞，越在燈紅酒綠社交酬酢的熱鬧場合中，埋伏越深。家越富有，親情越淡。人越得意，友情越薄。回想起來，還是我在童年青年時期，都市不如今日之發達，社會亦不如今日這般專以財富來論人高下，那時的人生，亦遠不似今日般之寂寞。陸放翁詩：「不如意事常八九，可與人言惟二三。」黃梨洲評侯方域，謂其不耐寂寞。黃、侯兩人，同生在一不如意的時代。而我們今天的不如意，更甚過了那時。舉世皇皇，竟又無可相語。可謂一切災禍皆起於人心之不耐寂寞，特苦不自知耳。提筆爲此文，不禁四顧喟然。

亦談奢侈革除

自從去年十二月十六日美國總統卡特片面宣布斷交以來，社會人心受到二十多年來最大的激盪。經過了短時期情感的衝激後，痛定思痛，於是社會各界人士與少數政府官員們，反躬自省，共同要求自力更生，終於提出革除目前社會奢侈浪費風氣的要求。當時一呼百應，令人眞覺得一新臺灣社會風氣之事，將是指日可待。不料數月來，大多數人意見仍停留在討論「奢侈」一詞的定義上，而具體可行的辦法，則遲遲未能決定，令人感到遺憾。

近年來常聽回國的友人贊美臺灣建設的同時，亦感嘆臺灣既成之風氣。我們居住在臺灣的人，雖亦早有同感，卻對此既成之風氣，莫可奈何已久。這一次卡特的無情寡義，能促使我們社會人心覺醒，我一直爲此私心慶幸，以爲若能因此使社會風氣爲之一變，我們眞算得是因禍得福了。俗語說：「塞翁失馬，焉知非福。」至今這一要求改革的熱潮尚未減消。但願我們眞能把握住人心振奮的時機，徹底的把社會奢侈風氣一掃而空。

前些天，我曾看到某報所載一方塊小文。大意是說，由於世局的演變，近來市場上房屋滯銷。作者認爲這是不應該有的現象。他認爲政府應鼓勵大家購買，尤其是那些早已有意買房子的人，更應踴躍置產。如果大家都心存觀望，躊躇不前，必將影響工商業趨向蕭條，這是一不愛國的行爲。我讀了心裏爲之一震。自去年十二月十六日以後，當時一般人對社會風氣之奢侈浪費，反對最強烈的，是各餐館的大宴小酌。許多人認爲臺灣人的吃是最浪費的，政府應立刻加以限制。但同時就有人提出相反意見，認爲際此國難當頭，我們唯一值得驕傲於人的，是我們社會經濟的繁榮。大家如果都不再去吃了，市面因此蕭條，就是國民不愛國的表現。這些人以爲消費多，就顯示經濟繁榮，國家進步，似乎亦自成一理。

有人說：禁止社會奢侈浪費的風氣，依賴政府立法不僅功效甚微，並且增加政府許多行政措施上的困難。有人說：現在人民生活水準日益提高，那些應屬奢侈品，很難判定。如化妝品、冰箱、電視機、音響設備、冷氣機、小轎車等，從前可算奢侈品，政府採加重稅率法來限制人民購買，但今天這許多東西已成爲生活必需品的一部份，不能再算是奢侈品，所以不應再加稅率來限制。又有人說：某些價值數十萬或百萬以上的豪華物品，如豪華轎車及音響設備之類，對一般人來說，是奢侈品；對有錢的富豪們說，或可稱爲必需品。似乎要爲浪費奢侈劃一界線，是很不容易的事。因此要想政府通過立法，來管制社會奢侈浪費的不良風氣，反倒成一難事了。

數月來，看了報章所載，聽了電視上所談，有關奢侈浪費節儉的種種意見，似乎愈聞見得多，愈使人困惑。使我不免感到，我們社會近來許多觀念，都有自相矛盾的地方。而既已存在社會中的許多該廢除的事項，該改革的風氣，得以借此矛盾的言論獲得繼續存在，有如一重又一重的網，籠罩在社會四周，令人心感迷惘。儘管我們住在臺灣的人，生活水準不斷的提高，政府爲安定社會而不斷努力，但如不能移去這重重的網，總是一件美中不足的事。

「浪費」與「奢侈」兩義，是有程度上的分別的。浪費僅指「經濟」言，如我們買一件衣服，買一樣用品，衣服用品是你必需的，但用三百五百買來已經可以穿用的了，而你定要買一千兩千的，這是浪費。但奢侈則不同，奢侈是指人生一種「德性」言。如你無原由的去餐館請人吃一頓，花去五千一萬。這不是必需品，而是你性好奢侈，這一種行爲是要不得的。不僅今天我們因國際局勢的逆轉，要圖謀自立自強，非鏟除社會奢侈風氣不可。就是在國家承平時，亦應鏟除。因奢侈之風最易腐蝕社會人心，爲國家民族前途計，無論何時、何處、何地，都不應任此風氣存在。

論語上孔子曾說：「禮，與其奢也寧儉。」禮是本於人性來的。奢易流於浮華，華而不實，使人易於迷失本性。所以奢與一般財用過度的浪費有大不同。奢字又作「過」解，我們通常將奢願奢望連用，這是指我們的所願所望太過了。換句話說，這個願，這個望，根本不是我們所該有的。孔子曾說：「奢則不孫，儉則固。與其不孫也，寧固。」我們一個人，生活在大羣體中，過份求儉，事事不願與人通來往，使自己陷於固陋之境。這誠然是不好，亦是不應該的行為。但人之固陋，重要傷害只在一己，而對他人的傷害分數很少。一個性情近於奢的人，常想在事事上勝過別人，易於凌人，則必不肯讓人順人，因而易與人起爭端。其害不僅在己，更重要在傷害到他人。所以孔子要說「與其不孫也寧固」了。

論語上記載著孔子與子貢的一段對話。子貢曰：「如有博施於民而能濟眾，何如？可謂仁乎？」子曰：「何事於仁，必也聖乎？堯舜其猶病諸。」子貢問孔子，如有人能對民眾廣博普遍的施予與救助，這樣的人該可算是仁人了吧？孔子的意思，博施濟眾雖亦可說出於仁心，但是有外面的條件存在，一個存心仁的人並不易做到。縱使堯舜，還怕感到力量不足呀！這因博施濟眾一事，是無限量的。縱然是像堯舜般的聖人，居在政治上的最高地位，亦怕力所不及，更何況一般人呢！換句話說，博施濟眾亦可說是一個奢願奢望。凡超出了人力以外的願望，都算是奢願奢望，根本不應該有。這一段話，真值得我們再三玩味，僅就博施濟眾一事而言，豈不可算是一件至高的美事了？堯與舜，不僅是一聖人，有此德，亦是一君，有此權，居此位。但孔子卻說，就是堯舜將會感到力量不足。則存心於此，豈不成為一種奢願嗎？

今天我們的社會，一切以經濟繁榮、經濟發展，為人生最高目標。似乎我們的人生，除了不斷提高生活水準之外，再沒有其他意義了。我們的生活，亦除了不斷豐富物質的享受外，再沒有第二個目的了。在政府言，希望社會人人能豐衣足食，這尙不失爲一種仁心仁政。但大家倘因此而一切以私人經濟的打算爲人生唯一的目的，既不是要博施濟眾，亦算不得是仁。既然大家只抱一私，社會那有公利可望？這又可算是是人生另一種奢望了。

今天的社會風氣處處在鼓勵人存奢願奢望，對個人財富的追求如此，對工商企業的發展如此，甚至於對教育上的措施亦如此。促使人人參與競爭，事事求比人強。打球、賽跑、唱歌、跳舞，樣樣要競爭。誰都想做老板，不願當伙計。誰都想第一，出人頭地。最近報章報導了幾件連續發生聳動社會人心的經濟詐欺案，每案動輒數億元。又有家庭主婦成百萬成千萬的連續倒會潛逃案。這些犯案的人，有那一個不是有名有地位的，又有那一個是爲了生活而出此下策的呢？過去這許多已發生的犯罪案，還不足以使我們重新認識社會風氣影響人生的重要嗎？

經濟繁榮，物質生活，豈可無節制的向前發展？我們若眞要消除社會奢侈的風氣，首先需從人的性情上，排除不應有的奢願奢望著手。並該提倡人人安份守己。人應該各在自己的本份上做人，盡了自己的本份，亦就是盡了各人的職責。不該專來與人相比，與人相爭，要高出他人之上，這就不是我們每一人應有的希望，這應該就算是人的奢願。各安本份，即是德性。人能安分守己的立身處世，自然不存奢望，就是一種最高道德了。

論語上又說：「盡己之謂忠」。今天我們因受外面的刺激，人心奮發，要求自立自強，這不就是一種忠於國家、忠於民族的心情之表現嗎？但即使是要忠於國家、忠於民族，亦應該各人自有一限度，有一節制，只要能盡己便是。我有十分力量，我做十分貢獻，這是盡己。我有七分力量，我做七分貢獻，這亦是盡己。不能自己只有七分力量，定要做十分貢獻。不知你所要貢獻的，已經超出了你自己能力之外，這就不是盡己了。其實盡己，亦只是安份守己。我的一切行爲，一切努力，一切貢獻，仍應該只在你安份守己的職位上。只要不有躲避，不再隱藏。你有七分，就拿出七分來；甚至你有五分，亦只要你拿出這五分來，這就是「盡己之謂忠」。人人能如此，忠於國家，忠於民族，那國家民族的前途亦就有了無限的希望了。那裏能都要同人一樣，而且還要出人頭地呢？這種心理千萬要不得。你不知在你的德性上盡量表現，而定要競爭，要與人爭勝，那就不應該，那就是「不德」，不德即「非道」。中國人講道德亦有一限度的，踰越了此限度，即成非道不德，亦即不算爲忠。換言之，這亦就是一種奢願奢望了。所以這種奢願奢望只能稱爲欲望，不能稱爲理想。欲望無限止，不能奉爲我們做人標準的。我們今天要的是一種忠於國家、忠於民族的理想，不是要一種忠國家忠民族的欲望。

人的生活應該有一種「理想」，而非一種欲望。享受只能說是人生的欲望，而非人生的理想。在人生理想中，不應有享受二字。只要我們的人生合乎理想，那就是一種最大的享受了。至於我們的一切衣食住行，種種物質條件，亦應該有一理想的標準，亦即是一合理的限度。這不能從欲望上來計較，來打算。古人在人生的一切行爲上提出一「禮」字，行爲要合禮，禮就有一節制的意義在內。

譬如婚喪喜慶，親友往來，都需有禮，就都需有節制。如你逢到婚禮，男女雙方邀集親朋吃一頓酒席，這不能算是非禮。但你能從儉，應請十桌，能減請五桌七桌，那就更合禮。應請十桌，你要誇耀，請了十二桌、十四桌，雖亦在禮制之內，然而可說是奢了。可見奢與儉重要的判定，內面在你的「德性」上，外面在一「禮」字上，絕不在每一人的財富上。又如有人認爲大富豪買數百萬一輛的轎車，不算奢。但若大富豪們，際此國難當頭，又爲響應節省能源的號召，自動改乘省油價廉的小汽車，此一行爲不僅是合禮的，也不失其原有身份，並亦將被認爲是一識大體之人，而更會贏得廣大社會人羣的贊賞。

婚喪喜慶，親友交往，是一種禮。至於酒食徵逐，無謂的交際應酬，這都是奢，都非禮。經濟上的損失尚少，而在每一人德性上的損失更大。社會上人的德性是最可寶貴的社會基本。社會上沒有了德，這個社會就不安不定，亦無向前進步的希望。我們用一句通俗的話來說，就是過於奢侈了。如此說來，「奢侈要不得」，這實在是一種天經地義的道理。

前些時，某一電視台討論「如何革除社會奢侈浪費風氣」一座談會的節目中，許多位參加討論的專家學者，大家最後認爲，徒用法律來禁止社會奢侈風氣，力量極有限。重要的還得靠「教育」

與「社會輿論」的力量。這固然是不錯的。教育本是改革社會人心一最治本之方，但教育要從人的德性上來培養，它的收效自然遲，緩不濟急。政府拿一種法律來禁止奢侈，收效比較快速，這是不該非難的。並且社會的改革，亦非一途可以竟全功的。教育、法律、輿論，可以多途並進。我們所謂的「新生活運動」，新生活是理想的，非欲望的。政府用法律來推行新生活，雖非治本，縱然一切規定不能令人人同意，此時此地亦應無可厚非。

民主與科學

民國以來「新文化運動」在中國如火如荼的展開，蔚成一時的風氣。自抗日戰爭時期我開始進中學起，「民主」與「科學」兩名詞已耳熟能詳。在我的記憶中，似乎當時接受過新知識的人，無有不信仰民主與科學能救中國的理論，亦似乎從來不曾有人對此理論產生過疑問。在當時，你如對民主與科學懷疑，即等於你自認跟不上時代，落伍守舊，有著一套封建頭腦，而這都是民國以來的知識份子人人最所避諱的。

今年是「五四」運動六十周年。近日來報章上不斷刊登有關「五四」運動的文章，「民主與科學」這一口號，依然屢見提起。令人回想到，近年來提倡中國應走向現代化，以及一般論及中國自救之道的人們，亦一直不斷在呼籲加強民主與科學。六十年畢竟不是一個短的時期，社會不斷的變遷，尤其是近年來臺灣經濟突飛猛晉，功利觀念有增無已。社會形態亦已追隨經濟的不斷成長而大有改變。舊有社會人與人間和樂相處的情態，已隨着功利觀念的彌漫而逐漸淡薄。我們只要每天打開報紙看看社會新聞，就可以瞭解到今天社會人生的大變，刺激人的新聞層出不窮的發生。生活在今天如此般變化多端的社會中的人們，又怎能不擔心到明天！面對現實，我常不免要自問，我們還該相信單獨只講民主與科學這兩項，眞能救中國嗎？

人事是一頗爲複雜的有機體，人與人之間看似簡單，都只是人的問題，但其間由個人到家庭，由家庭到社會，人事交往可以千變萬化。所以單提出一句口號來，要想改變一個國家民族的前途與命運，似乎是把社會人生看得太簡單太輕易了。六十年來，「民主」與「科學」這兩項口號，對於國家社會自然有它的貢獻。可以說，民主與科學是當前的時代潮流，要生存在現時代的國家與民族，那一個能不受它的影響！縱使像共產主義的極權國家，一樣要科學，亦一樣要受到民主潮流的心理壓迫與影響。然而民主與科學究竟是否眞能救國呢？這就有賴各個國家自己在科學與民主兩項的內部，如何善爲取捨。以及在科學與民主兩項的外部，如何善爲配合了。

我常想，在一九一九年，「五四」新文化運動風起雲涌時代的中國，一輩學術思想的先進們，倡導文化改革，一輩青年勇於追隨，以我們當時四億五千萬同胞來說，那畢竟是少數中的極少數。當時依然是一舊文化精神傳統的社會，所以雖盡力提倡民主與科學，尙能保持家庭和樂社會安定，不見有大毛病。六十年後的今天，社會已從根發生了變化。今天我們若仍只單獨講民主與科學，怕就與前時有不同。民主與科學，亦許能給社會帶來若干富強，但卻不能給我們的家庭帶來和諧，社會帶來安定。家庭不能和諧，社會不能安定，又如何能談到救國呢？試問，果使單講民主與科學，就能使家庭和諧社會安定嗎？

面對今天的社會，不免常使人要自問，人生所追求的理想難道是只爲財富只爲強權嗎？今天臺灣任何一老百姓的生活，食、衣、住、行，都比三十年前勝過多多。但爲甚麼我們心裏不能感到安定與快樂？我們固然不能空著肚子、凍著身體來追求安與樂，但吃得好穿得好，人所追求的理想人生並不就止於此。在他心理依然會感到不安定不快樂。今天科學昌明，吃飽穿暖已不是一件太困難的事。但要吃得好穿得好，這是一比較上的問題，是無止境的。所以要使人生安定與快樂，該另有條件。是些甚麼條件？這是目前我們大家應該來探討與尋求的。

我並無意來反對民主與科學，上文已說過，民主與科學是時代潮流，無可反對的。但有鑒於近幾十年來世界社會的種種變化，我深信任何一個國家，如只講民主與科學兩項，都不能救國。不僅是中國而已。民主與科學是西方文化的產物，但在西方各國文化中，除民主與科學外，尚有其他多端。即如宗教，亦是其中之一。縱然如美國，是二十世紀的今天科學最先進的國家。科學的發明早已將宗教中的各項說法，如天文學生物學等，宗教家所說全部已不能存在。但在他們科學昌明的時代，宗教還是保留著，即如美國依然還是一耶教國家。今天的西方人亦已承認宗教力量在西方社會逐漸衰退，但今天仍然沒有人敢於說，西方文化可以取消宗教。如英國的文化學者湯恩比，他承認今天西方文化已臨沒落之期，但他以爲西方文化的復興，仍有重新復興宗教之必要。我們暫且拋開宗教不論，單以民主與科學言。美國豈不是今天西方各國中一個最講民主的國家嗎？這一次卡特總統不先經國會同意，而專制獨斷的斷交，承認一向反對「美帝」的大陸共產政權。今天他們參眾兩院的大多數議員雖堅決反對，甚至有人向法院提出控訴，但並不能改變卡特既定的政策。我們儘可說，卡特這一種行爲，是反民主的。但美國全國竟亦無奈之何，仍然對我們只能有人民與人民的（實質）關係，不能再有政府與政府間的（官方）關係。這是說的他們民主的一面。再說到科學。爲害人類，使最近將來世界人類遭受最大災禍的危險的，便是核子戰爭。今天美蘇兩大強國當前最重要的交涉，只在限武談判一項，但未知它有如何般的結果。這是說科學。僅舉此兩點，亦足以說明，即使今天西方國家亦不能只靠民主與科學這兩項，就可解決一切問題。

在中國文化中，沒有產生宗教。佛教是外來的，並且佛教是出世的，不講一套治國平天下的大道。但中國立國數千年，廣土眾民，自有它一套文化傳統。社會不能只講民主與科學，在這兩項以外，尚該另有其他方面思想與理論來作領導。而這種思想與理論能領導人生的，必在他自己民族文化的傳統中生根。民初「新文化運動」，提倡新文化的人要打倒宗教，打倒玄學鬼，主張哲學關門。可見他們亦不是要把西方文化全部搬來中國。他們只不過是在西方文化中，選擇了民主與科學兩項，要把它搬來。但試問無宗教無哲學，又不要保存中國固有文化，單講民主與科學，又將成一甚麼樣的社會？而且民主雖說是公開的，在政府中居官位及被選爲議員的，總是最少數，其餘人只能按期投他們神聖的一票。科學亦有性所不近，那能盡人敎他練習一項科技。今天我們爲要順應潮流，爲要追求國家的富強，不得不效法西方人的民主與科學，但亦絕不該摒棄我們自己原有的其他文化部門來單獨專講民主與科學，這是很顯然的。

近年來，在臺施行的民主選舉，不論是中央地方的民意代表，或縣市鄉鎮首長的選舉，都有極值得商榷的地方。我們大家心裏明白，我們當前的民主選舉所選出的人物，是否是我們心目中所認爲理想的人？倘使我們把臺灣近二十多年的報紙新聞作一根據，來看民選議會代表，及地方首長，在競選時，以及當選後，種種言談及活動，不符選民期望的有多少？這只是就已披露的報導而言，尙有未被披露的資料，則無從獲知。依照我們當前所謂的民主選舉，以批評地方，誇大自己，爲爭取勝利的手段，這是絕不符合中國人眾望所歸的傳統心理的。又要預先開出期票以博眾歡，但競選人對實際政治並不明瞭，過份誇張的言辭，當選後一切並不能兌現，這種逞口辯而行不實的作風，亦違背了中國人一向所共認的「君子」風度。俗語說得好：「別人誇一枝花，自己誇爛茶渣。」又說：「老王賣瓜，自賣自誇。」這一種鼓勵人自我標榜口是心非的行爲，是否就可算是一種理想的民主？實在值得考慮。因此歷年來由民主選舉產生的勝利者，雖獲得了權位，卻並不一定能獲得選民的尊敬。我們至少可以說，要推行西方民主政治，亦得要參酌自己的感情。應能選出既獲得權位，又同時能獲得選民誠心尊敬的代表，纔是我們社會所需要的理想人選。

有人說要推行民主，首先要社會人人先有健全的法治觀念，並需要有周詳的法律條款來防範犯罪。但法只是在事發後的懲罰，壞事已做，被害人已被害了，再來懲罰犯罪者，終嫌晚了。更何況今天我們一面高唱保障人權，一面又高唱法治，這兩項不免又有矛盾。殺人者往往因人權的過份保障，獲得不以死償罪。就以最近臺北幾件大經濟犯罪案件來說，每一案詐欺倒閉動輒數億元，被牽連受害的何止千人。當事人一走了之，他跑到國外，法律又能奈他何？只重法律，常不免令人感到法律反而多是在保護壞人。孔子說：「道之以政，齊之以刑，民免而無恥。道之以德，齊之以禮，有恥且格。」這句話眞値得我們今天倡導民主法治的大人先生們，再加以三思。法律上條文畢竟有限，俗語說，「道高一尺，魔高一丈」。要等到社會造成了問題再來彌補法律的漏洞，社會何時才能安，才能樂？縱使法律條文再周詳，民知有畏，而心無羞愧無感化，僅求能免而已，亦未爲理想。我們是否該從「民免而有恥」方面多多用心呢？教民知恥，纔是一根本之道。

我對政治不想多談，際此非常時期亦不宜多談。但教育是國家百年之根本大計，失之毫釐，則可差之千裏。近年屢見政府執政的大人先生們，大聲疾呼提倡科技教育，並倡科學向下紮根之論。今又見教育當局有科技教育要在國民教育階段提倡推行的決定，私心深以爲憂。科技教育只是教育中的一技而已，就整體教育言，不論那一階段都不宜特別強調偏向的發展。但在大專階段，縱然輕重有偏，其影響社會國家之根本尚小。國民義務教育則爲全民教育，亦可以說是教育的根本基礎，猶以幼童智慧未開，德性未定，即受偏向發展的教育，影響之大難以逆料。近年來，我探討中國傳統教育，深感國民教育強調科技則有傷國本。國家釐訂制度，至少要顧慮到十年二十年後的效果，而教育制度的改革，則更該考慮到三十年、五十年後的效果，絕不應僅以應付當前的需要而輕談改革。

既專就科學言，科學亦自有一全套，科技只不過是科學在實用上有關技術的一枝節。今天我們的教育爲配合當前經濟的發展，急功近利，只著重在科技上講求。講經濟，亦不僅是一科技問題，此層我們姑且不論。就教育提倡科技而言，亦只偏重在職業技能的訓練，僅爲青年就業作一準備。試問，人生除爲謀得一職業外，是否應另有人生？中國傳統文化雖無宗教，但自古以來特別看重教育。教育有「體」有「用」，有「先」有「後」，有「本」有「末」。體是本，應先；用是末，應後。今天我們縱然崇拜西方文化，科技教育亦僅爲用。中國自古以來傳統教育看重做人的道理。換言之，德性的修養爲一切教育的根本。國民義務教育更應以培養德性爲首務。不能先做一規規矩矩的人，又怎麼能在社會上做正正當當的事。今天我們的教育決策，爲眼前的功利打算，捨本而趨末。我恐怕五年十年，或十年二十年後，將會造成更多的青年問題、社會問題，恐對國家民族有得不償失的影響。

國父孫中山先生的三民主義，首講民族主義。民族主義是要講自己民族的歷史文化傳統，這是「民族的精神」，亦是「民族的生命」。除掉了此一基本，其他便一切無可講。其次是民權主義，中山先生在西方三權鼎立的民主政治中，又加進了「考試」與「監察」兩權，共爲五權。這考試與監察兩權，是從我們中國自己的文化傳統中採來的。其次始是民生主義，於衣、食、住、行的四項物質民生外，又加進「育」「樂」兩項的精神民生，這又是中國民族文化傳統的精義所在。可見孫中山先生始是兼顧著自己的民族傳統而來設計的。與一味崇洋媚外，惟知有西方美的人意想與言論，實是大大不同。該值得我們再仔細研討纔是呀！

用之則行捨之則藏

前幾天在報上偶然見到一段海外讀者的投文，提到我國現居紐約聞名國際的一位建築設計師，應大陸中共政權之邀，曾返大陸爲北平都市建設計劃設計。該文又曾提到近年來許多海外學人返回大陸爲中共政權出力的事，讀後令人頗多感慨。

海外學人回大陸願爲中共政權效力者，並不自那建築師始。在他以前亦曾有過許多國際聞名的學者，爲共黨政權的科技工業等方面效過力。此等人物所有的言論與行事，雜見於報章上所報導者，當猶在我們的記憶中，現在姑不再一一列舉。

從大體論，海外學人返大陸亦有種種心理。有的是係心祖國，想回去一視究竟。有的是有家人親屬留在大陸，分別幾十年，期望一見。有的是寄旅異國，曾經滄海，懷念過去，追尋舊夢。這些都是人情之常。自美國卡特總統與中共建交後，美國人士赴大陸者日多，中國學人留居美國者，若非亦往大陸一行，自覺見聞狹隘，無可發言。於是海外學人之回歸熱遂漸成一時髦風氣，此等亦未可厚非。但其中有些人想要回國貢獻，接受共黨政權的某些要求，而願一獻身手。此事在今天說來，卻有加以嚴重討論與考慮之必要。

寄居異域的海外學人，不論其個人事業好壞，成就高低，一二十年，二三十年寄人籬下的游子生涯，多多少少都經過幾許抑鬱辛酸，緬懷身世，莫不對祖國懷有深摯濃厚的關切。尤其是中國知識份子，都有與生俱來強烈的「民族觀念」，一旦中共政權將竹幕捲起，伸手招喚，任誰也難以抵擋他自己積壓已久的情感，只有一任其傾瀉，那能再冷靜的用理智思考？有人說中國人自應爲中國，這是出於民族自尊，是一種眞誠的愛國行動，沒有甚麼不對。但愛國亦需要有智慧與道義，不能僅憑個人一時盲目的情感決定；而這一種智慧與道義，亦應與自己的文化傳統相關連。

西方資本主義社會看重功利，只重當前的現實。而生命有限，於是莫不看重追求個人當身的表現與得失，往往只求抓住一個可以自我表現的機會，而對人生總體的廣大方面往往有所不顧，不加選擇，只求表現。我們海外學人長年生活在此一種文化體系的薰陶中，而又一時拋不掉中國固有文化知識份子強烈的愛國家愛民族的傳統情感，於是遭此當前時局驟變，便迷失了自己。若循此以往，不加警惕，則將成爲中國知識份子的時代悲劇，亦是國家民族的大悲劇。因此本文欲對中國傳統文化中，討論士大夫出處進退的大義所在，稍加抒發，以供國人參考。

中國儒家思想，向來鼓勵知識份子，應該積極向前，獻身於國家民族的治平大道；但亦同時看重，消極退後的一面。因積極向前亦要看外在的環境，這是要有條件的。孟子說：「不以舜之所以事堯事君，不敬其君者也。不以堯之所以治民治民，賊其民者也。」孔子曰：「道二，仁與不仁而已矣。」今天的大陸共黨政權，是行的仁政，還是行的不仁之政，我相信每一個海外同胞對此心理都雪亮的。尤其是我們這些從大陸流亡出來，而在大陸又都有親友的人，對此更是淸楚明白。大陸九億民眾在不仁政府的統治之下，三十年來水深火熱。到今天，水益深，火益熱。當政的目睹此狀況，遂有最近的一些措施，以圖挽救。並沒有一種深切悔悟與力求改變的表示。今試問，我們若要向大陸獻身，究竟是要獻身於在下的民眾，還是要獻身於在上的政府。在上的政府不仁，在下的民眾縱說一時得救還是不得救。在下的民眾不得救，在上的政府亦仍不得救。則豈不成了一場空嗎！不僅是一場空，還更會延長和增添了國家民族許多的災禍。

我們從一九一九年新文化運動起，大家一意崇尙西化，高呼「德先生賽先生」，好像民主與科學便是救國家救民族的兩條大路。與此民主與科學兩語稍有違離，就像是離經叛道，罪不可恕。尤其是反歷史，反傳統，認爲只要是中國以前古人的一切言論與行爲，都該鄙棄，都該排斥。論語說：「學而優則仕，仕而優則學。」此話亦遭當時人的非笑。他們說，儒家只是一種官僚主義。但不知愛國家愛民族，講究治國平天下的大道，出身來從事政治活動，所謂行道於天下，這對民主政治亦並無妨害，並無衝突。

孔門四科，德行、言語、政事、文學。言語、政事是指對外的國際外交，以及對內的治軍理財種種政治技能。但這些對內對外的種種知識技能，都該有一套共同的大原則、大綱領，這始是所謂「道」。文學是指一應書本上的知識，這是出而從事愛國救國的政治活動，治平大道的一番先要具備的基礎。由從文學再來從事言語政事一切政治活動，這即所謂「學而優則仕」。但實際從事於政治活動治平大道的人，仍該運用他從政的餘暇，更來補充一應文學上的基本知識，這即是所謂「仕而優則學」。可見從事政治活動以及尋求知識學問，這是一而二，二而一的，兩事只是一事，不該分別相離的。但在這以上更應有一番更重要更基本的修養，這便是孔門四科中的「德行」一項了。

德行的最具體的說明，便是孔子稱贊顏淵所謂的「用之則行，捨之則藏」兩句話。你具有了你的一套從事政治活動的知識與技能，你在某一種環境下，你該懂得藏器待時，不能急求使用，急求表現。在不合條件下來從事政治，這始是一種官僚主義。只求做官，只求仕進，固是一種官僚主義，但求暴露己長，求個人一己之表現，向政治妥協，亦即是一種官僚主義。中國孔孟儒家之所謂「捨之則藏」，這即是反官僚的，而又並不是反政治活動的。中國傳統文化一向是以和平爲最高目標，果使上面政治違反了大道，孔孟儒家便主張捨之則藏。

諸葛亮生在東漢末季，他雖自比管樂，有從政的大抱負，但高卧隆中，他說：「苟全性命於亂世，不求聞達於諸侯，先帝三顧臣於草廬之中，遂許先帝以馳驅。」待他雖身爲漢相，還告其子說：「淡泊明志，寧靜致遠。」你能捨之則藏，高卧不出，這不是淡泊，不是寧靜嗎？惟此始能明你之志，而發生國家民族歷史上久遠的貢獻與影響，這即是一種儒家精神。倘使你生在亂世，而不來用心講究一套愛國家愛民族，有關政治上的一切知識技能，以及治平大道，這是不應該的，但你若不問條件，一意要向政治上求活動，求貢獻，這亦是不應該的。顧亭林說：「國家興亡，肉食者謀之。天下興亡，匹夫有責。」這亦是同一道理。

論語上載，冉有爲季孫氏家臣，而使季孫氏富於周公，孔子說冉有：「非吾徒也，小子鳴鼓而攻之，可也。」孟子曰：「今之事君者曰，我能爲君辟土地，充府庫。今之所謂良臣，古之所謂民賊也。君不鄉道，不志於仁，而求富之，是富桀也。我能爲君約與國，戰必克。今之所謂良臣，古之所謂民賊也。君不鄉道，不志於仁，而求爲之強戰，是輔桀也。由今之道，無變今之俗，雖與之天下，不能一朝居也。」孟子的意思是說，去幫一個行不依道，志不在仁，只想要富強的國君來增加富強，就等於去幫助了一個桀。換句話說，亦即等於是在「助紂爲虐」。縱然你有才幹，亦只算得是個「民賊」，而算不得是一「良臣」。

今再專就知識一項來說。知識亦該分爲兩種，一是有關物質的科學知識，一是有關精神的人文知識。中國古人所分別的是「技」與「道」。科學知識中，如哥白尼的天文學，牛頓的力學三定律，達爾文的生物進化論，以及近世如愛因斯坦的相對論等，這些會通多方的大發現，亦可算是「道」。

但大多數的科學發明，遍近應用方面的，在中國人說來都只能算是「技」，它只會供人作實際的應用。孔子說：「君子不器」。我們做一個人應該有他精神上的自己主張，不能像器具一般專供人用。孔子又說，子貢亦是一器，但子貢之器如「瑚璉」，乃是一種宗廟裏莊嚴尊貴的禮器，不供人實際使用的。所以子貢雖不如顏淵，但勝冉有多多了。西方的科學專家們，則似乎不計較這許多。一切科技只如麻將牌中的「聽用」。資本主義、共產主義、民主政治、極權政治，兩種相反環境下，都可用。這與中國人的文化理想就顯示了大不同。難道我們今天學得了一些科技方面的專門知識，便只爲作一個「聽用」的「器」嗎？中國人比較看輕科技知識，其意義便在此。

至於政治知識，今人稱之謂是一種人文科學。有關這一方面的知識，比較是介於上舉的物質知識與精神知識兩者之間。這是一種或彼或此，可彼可此的。倘我們從事於政治、社會、法律、經濟、教育種種方面的人，更應該懂得孔子所說的「用之則行，捨之則藏」的那一番大道理。當知孔子所說的「用」與「捨」，是指我所抱有精神上的「道」而言，並不是指我物質的「身」，以及我所有的一切技能知識言。換言之，人生大道，絕不能只要我來做一麻將牌中的「聽用」。

有人說，政治不理想爲何不效法西方革命，卻來說「捨之則藏」呢？但不知革命亦是偶然可用的事，並不是隨時隨地隨意可行的，試問像西方法國、英國、美國，他們究竟興起了幾多次的革命呢？中國是一個地大民眾，崇尚和平的大國家，要來革命，較之西方似更不宜。

我上面的這些話，不僅想提供給學業有成的一般高級知識份子作參考，亦想提供給海內外年輕一輩的青年學人作參考。知識份子的出處進退在中國傳統文化中，已曾有過一番甚深妙義的大討論大道理，幸請大家對此方面再作一些切合當身的討論與考慮，這不會與事無補的。孟子說：「孤臣孽子，其操心也危，其慮患也深。」這句話，眞值得我們今天的知識份子再四玩味了。

恭印後記

這些年追隨錢師母在香港辦理「中華文化研修會」，每當車過沙田，師母總會以懷念的語氣說：「我要告訴你們，我沙田的家。」可是，由於都市發展快速，大樓遮蔽，在火車上或汽車上，無法看到沙田半山的小樓時，師母又會悵悠悠的說：「看不到我的家了。」

一回，終於有機會隨侍師母拜訪沙田故居，入門即見深五丈餘，寬六尺的長廊，令人印象極爲深刻。

後又聽師母談及當年與錢先生隱居沙田，常於長廊引古喻今，談論人生意境。遙想錢先生與師母晨曦夕照，在背山面海的昔日沙田故居長廊，指點江山，品味人間浮沈。那種俯仰古今，瀟灑出塵的襟懷，更令人悠然神往。

甲申年初，因緣際會，恭讀師母樓廊閒話，始知樓廊閑適之間早有論述。而且所記雖夫妻日常家居之言，實多育人易俗的大業，殆近淵明先生閑情賦序言「檢逸言而宗澹泊，始則蕩以思慮，而終歸閑正，將以抑流宕之邪心，諒有助於諷諫」之旨。

樓廊閒話原序中言「人生如一部活書，可以供人讀一輩子，如果一讀就懂，亦將無深度可言」。所以錢先生主張要懂得「含蓄」，要懂得「醞釀」、「厚積薄發」。實則書亦如人生，一本好書，經作者蓄積、醞釀、厚積薄發，雖時移世變，往往歷久彌新，不同的時代讀之，各人就其時的問題印證，又常予人有醍醐震聵的感受。樓廊閒話一書雖爲二十五年前舊作，而於兩岸教育現象社會文化百態，仍具深遠的提醒作用，尤其難得者，近七年來錢師母僕僕風塵，推動中學生「國學夏令營」及教師「中華文化研修會」，不僅將書中意見起而實行，且將錢先生撰述理論，著之天下。太史公自序言「子曰：我欲載之空言，不如見之於行事之深切著明也。」錢師母之行，予人啓示深矣！

時值錢先生一百一十歲誕辰，素書樓基金會工作同仁有感先生德澤，及師母於文化補敝起廢的具體作爲，使昔日閑話成爲歷史行動，閑話、樓廊交融於歷史之中，乃倡言重刊樓廊閒話以證驗古人所雲「言爲世法，行爲世表」之實。再印之際，謹恭錄所知，以爲後記。

辛意雲　秦照芬　劉義勝